KB168570

봄을
잃다

ROMAN
COLLECTION
001

봄을
잃다

하창수 소설

나무옆의자

차 례

봄을 잃다

잃다

그

그는 사진가다. 나이는 마흔 살이다. 그를 아는 사람들이 그에 대해 내리는 평가는 심하게 엇갈린다. 어떤 사람들은 그를 아주 무심한 사람이라고 말한다. 도무지 감정이나 생각이나 마음 따위가 없는 것처럼 보인다는 것이다. 세상 돌아가는 일에 그토록 무관심한 사람이 어떻게 사진가일 수 있는지 이상한 일이 아닐 수 없다고 그들은 말한다. 하지만 그를 아는 다른 어떤 사람들은 그를 매우 다정다감한 사람으로 알고 있다. 마음의 갈피가 여간 섬세하지 않아서 사람의 마음을 아주 깊은 데까지 헤아리는 놀라운 능력을 가지고 있다는 것이다. 그런 그가 사진가라는 건 너무도 당연하다고 그들은 생각한다.

같은 사람에 대해 무심하기도 하고 다정다감하기도 하다는 평가가 내려진다는 건 얼핏 괴상한 일처럼 보이지만, 꼭 그렇게 볼 일만은 아니다. 열매 하나에 단맛, 신맛, 쓴맛, 짠맛, 매운맛이 모두 담겨 있는, 오미자란 것도 있다.

몇 년 전, 그는 20년 가까이나 함께 살아온 아내와 이혼을 했다. 스무 살 무렵에 만나 뜨겁게 연애를 했던 두 사람은 오래전에 식어버린 촛불처럼 싸늘히 헤어졌다.

"우리 그만 헤어지자."

"같이 살아야 할 이유가 없지."

한사람이 했을 것 같은 두 개의 문장이 각자의 입에서 나왔다는 것은, 생각해보면, 섬뜩한 일처럼도 느껴진다. 하지만 그건 분명한 공유였다. 헤어져야 한다면 그들처럼— 무슨 영화 제목 같지만, 그들이 그랬다. 그렇게 쉽고도 간단히, 20년 가까이나 함께 살았던 아내와 헤어진 그는 오랜만에 카메라들을 가방에 잔뜩 때려 넣고는 몇 해를, 이곳저곳, 여기저기, 떠돌았다. 그리고 두 해 전, 모델이기도 하고 단역이지만 영화에도 얼굴을 내비친 적이 있는 스물두 살의 젊은 아가씨를 만났다. 그녀를 만난 건 친분이 있던 감독의 부탁으로 영화 스틸 사진을 찍다가였다. 〈누구의 애인도 아닌 지희〉라는 영화에서 그녀는 주인공 지희의 동생으로 출연했다. 영화의 내용은 이렇다. 프랑스에서 모델로 활동 중인 지희의 동생이 애인이며 동료 모델인 뤽이라는 프랑스 남자와 한국으로 여행을 와서 북촌 한옥마을의 한 게스트하우스에 여장을 푼다. 그런데 이틀째 되는 밤, 지희의 동생은 가로등 밑에서 지희와 뤽이 키스를 하는 걸 보게 된다. 지희의 동생은 세숫대야에 물을 가득 담아 두 사람에게 끼얹어버리고는 슈트케이스를 챙겨 게스트하우스를 떠난다. 그녀가 출연한 건 바로 이 장면 하나였다. 단역 중의 단역으로, 마침 그녀가 물을 끼얹는 장면을 촬영하는 현장에 그도 나와 있었다. 스틸 사진을 찍기 위해서였다. 〈누구의 애인도 아닌 지희〉라는 영화에 사용된 세 개의 포스터 중 하나는 물벼락을 맞은 주인공 지희가 슈트케이스를 끌고 북촌 골목을 빠져나가는 동생을 물끄러미 바라보는 사진이었다. 나중에 영화 촬영이 모두 끝나고 열린 쫑파티에서 그는 그녀에게, "봄 씨는 대단한 배우가 될 거야. 세숫대야 물을 끼얹을 때 눈에 가득 들어찬 증오를 보고 난 그걸 알 수 있었지." 하고 말했다. 그가 그렇게 말하는 걸 감독이 듣고는 말했다. "김봄, 조심해라. 이 늙은이가 널 꼬시고 있는 거야." 그녀는 무슨 뜻인지 고개를 끄덕끄덕하기만 했다.

"그 눈을 보고 싶지 않아?"

"눈요?"

"증오로 가득 찬 눈."

"찍으셨어요?"

"찍었지."

"어디 있어요?"

"작업실."

"작업실이 어디예요?"

"가까워."

"선생님, 정말 절 꼬시는 거예요?"

"아니."

그날 두 사람은 그의 작업실로 가지 않았다. 그녀가 증오로 이글거리는 자신의 눈을 확인한 곳은 그로부터 꽤 오랜 시간이 흐른 뒤에 있었던 시사회에서였다. 그는 시사회장으로 자신이 찍은 사진을 가지고 가서 그녀에게 보여주었다. 가회동의 한 기와집에서 두 사람이 동거를 시작하기 한 달쯤 전이었다. 그들이 함께 살게 된 집은 번듯하게 새로 지은 기와집이 아니라 가운데 좁은 마당을 방과 창고와 담이 미음 자로 둘러싼, 옛 형태가 그대로 남아 있는 기와집이었다. 바람이 통하지 않아 여름에는 아주 찜통이었다. 전세 보증금은 사진가와 여자가 반씩 냈고 월세는 사진가가, 공과금은 여자가 부담했다.

그녀

봄이 보이지 않았다. 눈 깜짝할 사이였다. 골목의 좁고 가파른 계단을 따라 일본인 관광객들로 보이는 한 떼의 사람들이 우르르 내려오고 있었다. 그들에게 길을 터주기 위해 그는 벽에 바짝 붙었고, 사람들이 모두 내려간 뒤 골목 위쪽을 바라보자 아무도 없었다. 다른 사람이 있어야 할 필요는 없었다. 그에게는 봄만 있으면 되었다. 그런데 그녀가 없었다.

그는 골목 위쪽으로 눈길을 돌리던 순간에 자신이 무슨 생각을 하고 있었는지를 기억하려고 애썼다. 봄이 환하게 웃으며 서 있을 거라고 생각했었던 것 같지만, 아무 생각을 하지 않았을 수도 있다. 봄은 당연히 거기 있을 것이기 때문이었다. 그런데 다시 골목 위쪽으로 눈길을 돌리니 무슨 생각을 했는지 기억이 났다. 큰길 가까이에 있는 일식집 '동지(冬至)'에 들러 복탕에 히레 소주를 한 주전자만 나누어 마셨으면 좋겠다는 생각이었다. 봄은 차가운 소주보다는 약간 뜨거운 듯 데운 소주에 불에 그슬린 복어 지느러미가 들어간 히레 소주를 좋아했다. 그것 한 주전자는 두 사람의 정량이었다. 히레 소주를 나눠 마시고 집으로 돌아와 벌거벗고 누워 있으면 더 바랄 게 없었다. 하지만, 히레 소주를 함께 나눠 마실 그녀가, 지금, 없다.

"김봄…… 너, 어디 간 거야?"

자신의 중얼거리는 소리가 귓속으로 밀려들자 고추냉이가 너무 많이 들어간 초밥을 씹었을 때처럼 코끝이 아렸다. 이가 절로 꽉 물렸다.

그의 아내

가회동 11번지, 중앙고등학교로 올라가는 길 남쪽 계단 중간쯤에 쪼그리고 앉아 그는 춘천에 사는 이혼한 아내에게 전화를 걸었다. 신호음이 몇 번 울리고 나서야 수업에 들어갔을지도 모르겠다는 생각이 들었지만 다행히 쉬는 시간이었다. 그의 이혼한 아내는 고등학교 수학 선생님이다.

"봄이를 잃어버렸어."

신호음이 끊어지고 약간 쉰 듯한 여자의 목소리가 들려왔을 때 내려놓은 그의 첫마디는 좀 비장했다. 해가 지려면 시간이 아직 남아 있었지만 하늘은 검은 구름이 덮여 어두웠다. 길가의 소나무 가로수가 하늘로 뻗쳐 올라가는 시꺼먼 용처럼 보였다.

"언제?" 휴대폰 속의 여자가 물었다.

"세 시간쯤 전에." 그가 대답했다.

"어디서?"

"골목에서."

"가회동?" 여자의 목소리에 피곤이 깊게 녹아 있었다.

"응." 그는 어금니를 깨물며 섭듯이 말했다.

"어느 골목?"

"31번지. 연꽃 그려져 있는 집, 그 집 있는 골목에서." 남자는 초등학생처럼 또박또박 말했다.

"거기면 집에서 멀지 않잖아." 말끝에 여자가 한숨을 작게 내 쉬었다.

"멀지 않지. 그런데 거기서 잃어버렸어." 남자는 눈동자의 검 은자위만 위로 올려 하늘을 보았다.

"여태 찾았던 거야?"

그는 마치 아내가 앞에 있기라도 하듯 대답 대신 고개를 끄덕였고, 그의 아내는 더 이상 말이 없었다. 그녀의 목소리가 다시 들려온 건 휴대폰이 저절로 꺼진 건가 싶어 배터리 표시를 확인하려던 순간이었다.

"세 시간이나 찾아 헤맸단 거야?"

"길 건너 11번지 골목들도 다 돌았어. 경복궁길, 삼청동길도 다. 지금은 다시 11번지 올라가는 골목에 앉아 있어. 지쳐서."

"그렇다면, 가버린 거 아닐까?" 잠깐의 침묵이 이어지더니 그의 아내가 말했다. 목소리가 무거웠다.

"무슨 소리야?" 남자의 엉덩이가 계단에서 떨어졌다.

"가버렸다고." 여자의 목소리는 수평선처럼 고요했다.

"가버리다니?" 남자가 몸을 완전히 일으켰다. 그의 목소리는 볼륨 레버를 잘못 돌린 오디오처럼 갑자기 높아졌다.

"잃어버린 게 아니라, 집을 나간 거 아니냐고 묻는 거야." 그의 아내는 잠깐 사이를 두었다가 대답했다.

그는 잠시 할 말을 잃었다가 뭐라도 주절거려야 한다는 의무감을 가진 사람처럼 입을 열었다. 입이 열리자 말들이 마구 쏟아져 나왔다. "당신 말은, 그러니까, 날 떠났다는 거야? 날 떠났다고? 봄이? 그 아이가 날?" 그의 말이 굵은 빗방울처럼 떨어졌다.

"스무 살도 넘은 사람이 길을 잃다니, 말이 안 되잖아."

예의 수평선처럼 고요한 여자의 목소리가 휴대폰에서 흘러
나왔다.

몽인夢仁

그의 가슴 안쪽 깊은 곳에서 차가운 바람이 불어왔다. 그 바
람 속에서 그는 실이 끊어진 연(鳶)을 본 것 같았다.

꼬박 3개월 동안 그는 연만 찍으러 다닌 적이 있었다. 아내와
헤어진 지 두 해쯤 지났을 때였고, 봄을 만나기 서너 달 전이었
다. 모로코의 시골 마을에서 그는 연줄이 끊어져 날아가는 연
을 찍었다. 테투안에서 탕헤르로 가던 도중에 무슨 계시라도
받은 듯 아무 생각 없이 무작정 도로를 벗어나 삼십 분을 달렸
다. 짙푸른 하늘 위로 거짓말처럼 연이 날고 있었다. 사람을 집
어삼킬 듯 커다란 눈을 가진 소년이 날리는 연이었다. 그런데
그가 셔터를 누르는 순간 소년의 연은 마치 기다리고 있었다는

듯 실을 끊고 하늘 높은 곳으로 달아나버렸다. 그는 필름이 소진될 때까지 셔터를 눌러댔고, 연의 모습이 더 이상 보이지 않게 되었을 때 소년의 모습도 보이지 않았다. 모든 것이 환상 같았다.

그 일이 일어난 직후, 그는 연에 부여하고 있던 관념 하나를 버렸다. 더 이상 그에게 연은 소통(疏通)이 아니었다. 그가 연을 찍으려 했던 것은 '단절'되어버린 세상에 '소통'을 이야기하기 위해서였다. 당시의 그는 사람과 사람 사이에 건널 수 없는 깊은 강과 넘을 수 없는 높은 산이 존재하고 있다는 생각을 하고 있었다. 사람들 사이의 소통이 완전히 끊어져버렸다는 생각이 들었다. 누구와도 얘기가 통하지 않았고 얘기를 나눌 사람도 없었다. 그때 그는 연을 떠올렸다. 연은 연에 매달린 줄에 의해 연을 띄우는 사람과 온전히, 단단히, 그리고 깊이, 연결되어 있다는 생각이 들었다. 연을 날리는 행위는 '관계'와 '연결'과 '소통'을 신에게 알리려는 인간의 제의(祭儀)로 해석되었다. 하지만 모로코의 소년이 날리던 연이 줄을 끊고 하늘 높은 곳으로 달아나는 장면을 목격한 순간, 그는 자신의 생각이 틀렸다는 걸 알았다. 그가 생각한 '관계'와 '연결'과 '소통'이라는 단어는 실은 '자유'를 속박했다. 관계와 연결과 소통을 고집하는 것은 그 자체로 '억압'이었다. 그것을 그는 자신의 두 눈으로 목격했다. 연이 줄을 끊고 날아가는 세 장의 연속 사진에 '자유'라는 제목을 붙인 건 당연했다. '매의 눈'이라는 뜻을 가진 독일에서 발행되는 국제적인 사진잡지 『팔켄아우거(Falkenauge)』에 그의 사진들이 실렸을 때, 사진 아래에 편집자가 붙인 코멘트는 매우 인상적이었다. '퓔런(fühlen)!', 느껴보라는 뜻이었다.

"갈 이유가 없잖아. 봄이 아쉬울 게 뭐가 있다고……." 맥없이 얼버무리는 그의 목소리엔 더 이상 카랑한 기운은 남아 있지 않았다.

"떠날 이유도, 아쉬움도, 당신 게 아니라 봄이 거야. 봄이 가진 생각을 당신이 어떻게 다 알아. 다 안다고 하면 웃기지." 그의 아내는 풀이 죽은 그의 목소리마저 지그시 밟아버렸다.

그는 묵묵히 있다가 겨우 입을 열었다. "글쎄 봄이 왜……." 하지만 말을 채 잇지 못했다. 아내의 논리는 단순했지만 견고했다. 반박할 수가 없었다. 그는 휴대폰을 쥐지 않은 손을 바지 주머니에 넣고 주먹을 꼭 쥐었다. 그러곤 혀라도 차듯 하늘을 올려다보았다. 검은 하늘 안쪽으로 황혼이 번지고 있었다. 하늘은 죽어가는 자의 보랏빛 입술 같았다.

"당신, 봄이한테 왜 그렇게 집착하는 거야?" 그가 차가운 계단에서 엉덩이를 막 뗐을 때 아내의 목소리가 다시 그의 고막을 두드렸다. 잠깐의 사이를 두었다가 그녀의 목소리가 이어졌다. "이런 건 당신이 보여준 모습이 아니거든. 당신은 내가 아는 한, 집착을 모르는 유일한 인간이야." 집착이란 단어가 그의 고막을 아프게 찔렀다. 그는 자신의 가슴 안쪽에서 약간의 투쟁심이 이는 것을 느꼈다.

"집착하는 게 아니라 사랑하는 거지."

하지만 그의 아내는 그의 투쟁심마저 가볍게 짓밟았다.

"글쎄, 사랑 같아 보이지가 않아."

"혹시……" 잠깐 뜸을 들였다가 입을 뗐다. 하지만 그는 망설이다가, 망설임은 그답지 못하다는 말을 듣기라도 한 듯 툭 뱉었다. "당신, 애인 생겼어?"

"생겼을 거 같아?" 그의 아내는 지체하지 않고 되물었다.

"응, 생겼을 거 같아. 누구야?" 그 역시 곧바로 물었다. 하지만 그의 아내는 그의 물음에 대답하지 않고 전화를 끊어버렸다.
그리고 잠시 뒤, 그녀로부터 문자메시지가 왔다.

이봐요 몽인 씨, 그만
꿈에서 깨어나세요.

고양이

어릴 적 몽인의 집엔 고양이가 많았다. 좀 과장해서 말하면
걸어 다닐 때마다 고양이들이 발에 채일 정도였다. 곡식을 쌓
아놓은 창고가 있었다는 기억이 그에게 없는 걸 보면 유난히
쥐가 많아서 고양이가 많이 필요했던 것 같지는 않았다. 그렇
다고 그의 식구들이 애완동물을, 특히 고양이를 유별나게 좋아
했다는 기억도 없다. 그의 기억에 남아 있는 건 그저 이런저런
나무가 심어져 있는 꽤 너른 마당을 어슬렁거리며 돌아다니다
가 나무 밑 그늘 같은 데 늘어져 있던 온갖 종류의 고양이들뿐
이다.

중요한 것은 그 많은 고양이들 중에 유난히 그에게 적의를 드러내는 고양이 한 마리가 있었다는 사실이다. 녀석은 그가 가까이 다가갈 때는 물론이고, 대문을 열고 집 안으로 들어서기만 해도 이빨을 갈아대며 갸르릉갸르릉 소리를 냈다. 그를 향해 산봉우리처럼 등을 우뚝하게 세운 건 당연한 일이었다. 하지만 녀석이 그러는 이유를 그로서는 도무지 알 수 없었다. 다른 고양이들도 똑같이 그에게 적의를 드러내 보였다면 모르겠지만, 아무래도 심상찮은 뭔가가 있음에 분명했다.

유독 녀석만이 자신에게 적의를 품고 있는 까닭을 몽인이 알게 된 것은, 처음 녀석에게서 적의를 감지한 초등학교 1학년 때로부터 무려 10년이나 지난 뒤였다. 넷째 누나로부터 뜻밖의 이야기를 들은 것은 고등학교 2학년 가을, 정확히 말하면 셋째 누나의 결혼식 전날 저녁이었다. 식사를 마치고 마당의 등나무 아래에 놓인 탁자 주변에 전국 각지에서 모여든 몽인의 가족들이 둘러앉아 다음 날 있을 결혼식에 관한 얘기꽃을 피우고 있었다. 몽인의 형 넷과 누나 넷, 그리고 그들의 자식들까지 빼곡하게 모인 마당 안은 시장통이었다. 처음에는 화기애애하던 분위기가 사돈댁에서 혼수로 트집을 잡는다는 얘기가 불거지면서 갑자기 살벌해지기 시작했고, 그 모양을 보고 있던 몽인은 민망도 하고 짜증도 나서 슬그머니 자리에서 일어나 옥상으로 오르는 계단 쪽으로 걸어갔다. 그때 넷째 누나가 쪼르르 달려와 그의 팔짱을 꼈다. 연애지상주의자에 일찌감치 독신을 선언한 바 있던, 그래서 결혼으로부터 부모님의 짐을 덜어준 넷째 누나는 몽인과는 일곱 살이나 터울이 졌지만 가족들 중에 그와 가장, 아니 유일하게 마음이 맞는 형제였다.

"몽인아, 저 녀석 좀 봐라. 너 또 쩨려본다."

옥상으로 오르는 계단과 바깥채로 이어진 담벼락 사이에서 새파란 불빛이 새어 나오고 있는 걸 발견한 몽인은 그것이 녀석의 눈빛이라는 사실에 새삼 놀라지 않을 수 없었다. 고등학교에 입학하면서 고향을 떠나 객지에서 자취를 하고 있던 터라 자주 집에 내려오지 못했기에 녀석과 마주친 건 꽤 여러 달 만의 일이었다.

"근데 누나, 저 녀석이 왜 나한테만 유독 저러지?"

몽인의 말에 넷째 누나는 상체를 뒤로 슬쩍 젖히더니 그의 얼굴을 뚫어지게 바라보았다. 이유를 모르고 있냐는 표정이었다. "몰라?"

"응."

"정말?"

몽인이 능을 치고 있는 게 아니란 걸 눈치챈 넷째 누나는 눈살을 가늘게 모으고는 다시 한 번 몽인을 지그시 바라보았다. 몽인으로서는 누나의 그런 태도를 어떻게 이해해야 할지 알 수가 없었다. 하지만 뭔가 짚이는 구석은 있었다.

"혹시, 나만 모르는 거야? 그 이유를?"

그제야 넷째 누나의 고개가 끄덕끄덕 위아래로 움직였다.

초등학교도 입학하기 전이라고 했다. 아홉 형제의 아홉째이자 다섯째 사내애였던 몽인은 '그저 귀엽기만 한 막내'가 아니었다. 형이라기보다 삼촌처럼 느껴지는 형 넷은 그와는 말조차 나눌 생각을 하지 않았고, 형들 아래로 주르르 넷인 누나들은 그의 볼때기를 꼬집는 게 일이었다. "아이고 귀여워라."라는 말이 항상 달려 있긴 했지만 그건 자신들의 짓궂은 행위를 무마하려는 구실에 불과했다. 그걸 모를 정도로 몽인이 어수룩한 꼬마는 아니었다. 엄마를 제외하고 볼때기를 꼬집지 않는 유일한 여자가 바로 그의 넷째 누나였다. 그러나 볼을 꼬집지 않는 대신 그녀에게 몽인은 살아 있는 인형이었다. 껴안고 볼을 비비는 것은 물론이고 공부가 잘 안 될 때는 책상 옆에다 몽인을 '갖다 놓고' 머리를 슬슬 쓰다듬곤 했다. 그래야 외워지지 않는 영어 단어가 잘 외워진다는 거였다.

여기서 잠깐, 유별나다면 좀은 유별난, 몽인의 태생과 관련된 일화를 살펴보고 가자.

몽인을 가졌을 때, 아이 여덟을 줄줄이 낳은 몽인의 어머니는 이미 마흔을 넘긴 나이여서 설마 당신의 자궁 안에 아이가 자라고 있으리라곤 상상도 하질 못했다. 그도 그럴 것이, 여덟째 아이가 이미 초등학교에 입학한 터이기도 했고 달거리를 하지 않는 달이 1년이면 반이나 넘었으니 아랫배가 딱딱해진 것이나 가끔씩 찾아오는 격한 통증이 임신으로부터 비롯된 것이라고 여긴다는 자체가 도리어 이상했다. 그러다 아랫배의 딱딱해지는 정도가 더 심해지고 통증이 찾아오는 주기도 잦아지던 어느 날, 몽인의 어머니는 여덟 아이를 낳고 기르는 동안 남편 버금가게 친해진 동네 산부인과 의사에게로 가서 "배에 혹이 생긴 것 같으니 수술을 좀 해주셔야겠습니다." 하고 부탁 아닌 부탁을 했다. 이리저리 진찰을 하고 난 의사는 의뭉스럽게 고개를 끄덕이고는 "혹은 아닌 것 같고, 어쩌면 아이가 생겼을지도 모르겠네요."라고 했다. 몽인의 어머니는 "이 나이에 무슨⋯⋯" 하고는 대단한 잘못이라도 저지른 사람마냥 얼굴을 붉히며 말끝을 흐렸다. 그러자 산부인과 의사는 의미심장하게 고개를 끄덕이며 "염려 마세요, 혹이라도 떼어드리고 아니라도 떼어드릴 테니. 오늘은 늦었고, 내일 아침에 다시 나오세요." 하고는 몽인의 어머니를 집으로 돌려보냈다. 집으로 돌아온 몽인의 어머니는 뒤숭숭한 심사에 밤늦도록 잠을 이루지 못하다가 새벽녘에야 겨우 눈을 붙였고, 운명처럼 꿈을 꾸게 된다. 그날 아침, 잠에서 깨어난 몽인의 어머니가 만약 의사의 말을 따라 산부인과엘 갔다면 몽인은 이 세상 사람이 아닐 것이다. 그러니까 몽인이 이 세상 사람인 것은 순전히 새벽녘에 몽인의 어머니가 꾼 잠깐의 꿈 때문이라는 건 자명한 일이다. 몽인의 어머니는 꿈에서 갈기가 무성한 수사자 한 마리와 대문 앞에서 맞닥뜨렸다. 그 수사자는 꼼짝하지 않고 선 채로 몽인의 어머니를 뚫어지게 바라보고 있었는데 사자의 눈에서는 굵은 눈물이 뚝뚝 떨어지고 있었다. 그뿐이었다. 잠에서 깨어난 몽인의 어머니는 오랜 시간 생각에 잠겼고, 몽인이 세상에 나올 때까지 산부인과 의사를 찾아가지 않았다.

　몽인의 넷째 누나가 말했다.

　"몽인이 네가 저 녀석한테 한 짓을 생각하면 저 녀석이 널 물어뜯지 않은 게 더 이상해."

　"내가 뭘 어쨌길래?"

　"냅다 집어 던졌지."

　몽인의 눈이 직경 3센티미터는 커진 것 같았다.

　"던……져? 저 녀석을? 내가? 초등학교도 안 간 내가?"

　누나의 눈이 가늘어졌다.

　"역시, 너무 어릴 때 일이라 기억을 못 하는구나."

　"내가…… 그렇게 폭력적인 아이였어?"

　몽인은 가슴이 철렁 내려앉는 것 같았다. 자신이 고양이를 집어 던졌다는 사실을 그는 차마 믿고 싶지 않았다. 하지만 믿지 못할 정황이 아니었다. 가만히 그의 눈을 들여다보던 넷째 누나의 얼굴에 미소가 어렸다.

　"걱정하지 마. 넌 전혀 폭력적이지 않았으니까."

"폭력적이지 않았다면 어떻게 고양이를 던질 수가 있지?"

"글쎄, 우리 모두 궁금해했던 것도 그거였지. 개미 한 마리, 파리 한 마리 때려잡지 못하는 네가 저 녀석만 보면 달려들어서는 목덜미를 잡고서 아무 데나 획획 집어 던져댔으니까. 정말이지 그것만 빼면 넌 바보스럽도록 착하고 순진한 아이였어."

"물론, 그때 저 녀석은 새끼였겠지?"

"아주 갓 난 건 아니고, 아무튼 크진 않았지."

새삼스럽게 몽인은 계단과 담벼락 사이에서 인광을 뿜으며 그를 향해 이를 갈며 갸르릉거리고 있는 녀석을 지그시 내려다보았다. 그가 보고 있는 녀석의 모습으로부터 당시의 귀엽고 작은 새끼 고양이를 상상하는 일은 쉽지 않았지만 녀석에 대한 미안함에 몽인의 팔뚝은 소름으로 가득했다.

"근데, 사실 던지기만 했던 건 아니야."

누나의 얘기는 끝난 게 아니었다. 이건 또 무슨 얘긴가. 몽인은 두려움이 일어서 대꾸도 하지 못했다. 던지기만 했던 게 아니라면, 사랑스러워도 해줬다는 건가? 누나의 얼굴을 뚫어지게 바라보고 있던 몽인의 얼굴이 딱딱하게 굳어갔다. 사랑해주었던 건 아님이 분명했다. 던지는 것보다 더 지독한 일을 저질렀을 거라는 생각이 들었다. 그의 넷째 누나는 몸을 한번 떨고는 이야기를 시작했다.

"어느 날, 엄마가 기겁을 한 일이 일어났지. 몽인이 네가 녀석의 발톱을 손톱깎이로 자르고 있었던 거야." 그는 결국 할 말을 잃고 말았다. 왜 그랬냐고 물을 수가 없었다. 누나의 이야기가 이어졌다. "엄마가 네게 물었대. 왜 고양이 발톱을 자르느냐고. 그랬더니 네가 대답하기를, 저 녀석이 커튼을 잡지 못하도록 하기 위해서라는 거야."

"무슨, 뜻이야?"

"한번은 저 녀석이 안방으로 들어왔는데 늘 하던 대로 몽인이 네가 녀석의 목덜미를 잡아서는 창밖으로 냅다 집어 던졌대. 그런데 허공으로 던져진 저 녀석이 발톱을 바짝 세워서 커튼을 잡고 늘어지면서 창밖으로 떨어지는 걸 모면했던 거지. 그러니까 다시는 커튼을 잡을 수 없도록 발톱을 잘라버리려고 한 거야, 몽인이 네가."

"내가, 정말이지, 아주 못된 놈이었구나."

한숨을 푹 내쉬는 몽인의 팔을 끌어 옥상으로 올라가던 넷째 누나의 얼굴에는 왠지 웃음이 그득했다.

"넌 절대로 못된 놈은 아니었어. 착한 어린이상도 도맡아서 탔으니까."

하지만 그는 누나의 말을 인정할 수 없었다. 착한 어린이상을 아무리 많이 탔어도 볼 때마다 어린 고양이를 집어 던지다 못해 발톱까지 자르는 어린이는 결코 착하다고 할 수 없었다. 옥상으로 오르는 계단에서 슬그머니 뒤돌아보니, 비대한 몸집의 늙은 암고양이가 계단과 담벼락 사이로부터 어슬렁거리며 기어 나오고 있었다. 눈길은 여전히 몽인을 향한 채로.

골목의 어느 기와집 담 위에 살이 통통하게 찐 회색 고양이 한 마리가 조는 듯 앉아 있었다. 몽인은 한참이나 그 고양이를 바라보았다. 고양이는 아무 데로도 가지 않았다.

여고생 둘

해가 기울자 맨팔이 시렸다.

몽인은 집으로 돌아가 점퍼라도 걸치고 나올 생각조차 하지 못한 자신이 우스꽝스럽기보다는 안쓰러웠다. 살찐 고양이가 앉아 있던 담 쪽을 몇 번이나 돌아보면서 긴 내리막 골목길을 거의 다 내려왔을 때 큰길 쪽에서 교복을 입은 여학생 둘이 재잘거리며 길을 올라오는 게 눈에 띄었다.

몽인은 제자리에 걸음을 멈춘 채로 길을 올라오고 있는 두 여학생을 바라보았다. 그 시선이 심상치 않게 느껴졌는지 두 여학생은 몽인과 가까워질수록 경계하는 빛이 역력했다. 걸음이 점점 느려지는가 싶더니 몽인을 가운데다 두고 양쪽으로 멀찌감치 갈라져 지나갔다. 지나가기 무섭게 둘은 오르막길을 뛰어오르기 시작했다. 몽인은 고개를 돌려 다시 그들을 바라보다가 걸음을 뗐다. 잠시 후 "야이, 미친놈아!" 하는 외침이 들렸다. 몽인이 다시 뒤를 돌아보자 두 여학생 중 하나가 내뱉었다. "씨발 새끼, 완전 변태야." 몽인은 두 손으로 나팔 모양을 만들어 입에다 대고는, 꽤 멀리까지 골목을 올라간 여학생들을 향해 소리를 질렀다. "오해야. 어떤 젊은 여자 못 봤냐고 물어보려고 그런 거야." 하지만 여학생들은 그의 말을 알아듣지 못했는지, 아니면 알아듣고 싶지 않았는지, 여차하면 달아날 자세를 취한 채로 계속 몽인에게 욕을 해댈 뿐이었다.

여자 같은 남자

큰길 가까이까지 내려온 몽인은 일식 주점 '동지' 앞에서 꽤 오래 머물렀다. 마치 거기서 봄과 만나기로 약속이라도 한 듯이 가끔 사방을 천천히 둘러보았다. 그렇게 서 있던 그가 막 떠나려 할 때 '동지'의 출입문이 살그머니 열리면서 머리칼을 짧게 자른 30대의 호리호리한 남자가 나타났다. 남자가 두른 무릎까지 내려오는 검정색 앞치마의 오른쪽 하단에는 '冬至'라는 한자가 도드라져 보였다.

"유 선생니, 임!"

혀에 착 달라붙었다가 끝이 살짝 올라가며 떨어지는 남자의 목소리는 여자의 그것보다 훨씬 여성적이었다. 몽인이 두 손을 바지 주머니에 찌른 채로 소리가 들려온 쪽으로 몸을 돌렸다.

"보다가 보다가, 이게 무슨 기가 막힌 일인가 싶어서 나오지 않을 수가 있어야지, 요."

몽인은 여전히 아무 말 없이 남자를 향한 채로 장승처럼 서 있었다. 남자는 여전히 혼자서 떠들었다.

"이것 봐, 증말? 증, 말, 이, 상, 해! 봄이 씨하고 같이 안 있는 것도 이상하고, 절 보고도 무뚝뚝하게 서 있으신 것도 이상하고. 기가, 기가 막혀, 정말. 왜 그러세요, 유 선생니, 임? 무슨 일 있으신 거죠, 그죠? 혹시 카메라 잃어버리신 거 아니에요? 천만 원이 넘는다더, 언?"

그제야 몽인의 표정에 어색한 웃음이 살짝 어렸다가 지워졌다. 하지만 바람에 꺾이는 나뭇가지처럼 뚝, 소리가 나게 남자를 향해 고개를 꺾고는 몸을 돌려버렸다. "어머, 어머." 하는 남자의 콧소리가 가로등이 만들어낸, 길 위에 납작 엎드린 몽인의 긴 그림자 위로 가볍게 날아와 얹혔다. 휘적휘적 한참을 걷다가 몽인은 걸음을 멈추었다. 혹시 봄을 보게 되면 연락을 부탁한다고 휴대폰 번호라도 가르쳐줄 걸 그랬다는 생각이 머릿속을 맴돌았다. 하지만 몽인은 끝내 남자에게로 돌아가지 않았다. 눈치가 좋은 사람이라 그는 이미 자신의 휴대폰 번호를 알고 있을 거란 생각이 들었다.

그의 뉴저지 친구

큰길로 나와 한참이나 주위를 두리번거리던 몽인은 길모퉁이의 약국으로 들어가 생전 마셔본 적 없던 박카스를 사서 마셨다. 약국 문을 밀고 나올 때 그의 바지 주머니가 부르르 떨렸다. 그는 얼른 휴대폰 창부터 확인했다. 낯선 번호였다.

"여보세요?" 잔뜩 이불을 뒤집어쓰고 말하는 듯 그의 목소리는 꽉 막혀 있었다. "여보세요?" 그는 목을 가다듬고 다시 말했다.

"몽인이······?"

"······예, 유, 몽인입니다. 누구시죠?"

"응, 선규. 나, 박, 선규야."

몽인의 얼굴이 갑자기 밝아졌다.

"뉴저지 사는 박선규?"

"그래. 오랜만이야. 너무 오래됐지?"

"그래, 한 10년은 지난 거 같다. 너, 한국 왔구나. 한국 안 온다고 하더니, 왔구나."

몽인은 휴대폰 창에 찍혀 있던 번호를 생각하고 넘겨짚었다. 하지만 곧, 혹시 아닐지도 모른다는 생각이 들었다. 그래서 몽인은 박선규라는 친구에게 어디냐고 다시 물었고, 박선규라는 친구는 한국이 맞다고 말했다.

"여기, 병원이야."

"아프니? 아파서 온 거야? 많이 아프구나."

"아픈 건 아니고, 아버지가 돌아가셨어."

몽인의 입에서 금세 "아임 쏘리."라는 영어가 튀어나왔다. 갑자기 튀어나온 영어에 몽인은 스스로도 놀랐다. 그는 주머니에서 손을 빼내 이마를 훑었다. 그러곤 잔뜩 미간을 좁혔다. 병원 영안실, 장례식장, 빈소, 조문객의 영상이 빠르게 스쳐 갔다. 몽인이 가장 하기 싫어하는 일 중의 하나가 문상을 가는 것이었다. 하지만 친구가 직접 전화를 했으니 가지 않을 자신도 없었다. 더구나 박선규는 몽인으로선 꽤 신세를 진 친구였다. 말도 잘 통하지 않던 뉴욕에서 1년이나마 버틸 수 있었던 건 순전히 박선규의 덕이라고 해도 지나치지 않았다. 그런데 문득, 박선규란 사람은 자기 아버지가 돌아가셨다고 문상을 오라는 전화를 직접 할 사람이 아니라는 생각이 들었다. 몽인이 그 생각을 하고 있던 순간에 박선규가 말했다.

"부탁이 있어."

"응, 문상 갈게. 가야지."

몽인의 대답에 박선규는 잠깐 뜸을 들였다가 말했다. "사진 좀 찍어줘."

"사진?"

"사진가한테 이런 걸 부탁하는 게 실례라는 생각은 드는데, 꼭 사진가가 찍어야 할 것 같거든. 거절해도 괜찮아. 그런데, 가능하면 몽인이 네가 해줬으면 좋겠어. 내가 아는 사진가는 너밖에 없어."

"사진이라니 무슨 사진 말하는 거야?"

"아버지."

몽인의 가슴이 가볍게 뛰었다. "돌아가셨다고 그러지 않았어?" 그렇게 말을 하고 나서야 몽인은 박선규가 지금 자신의 죽은 아버지를 찍어달라고 부탁하는 것임을 깨달았다. 뭔가 또렷하게 짚어낼 수 없는 감정이 몽인의 가슴을 휩쌌다.

"오후 늦게 숨을 거두셨는데, 지금 냉동실에 모셔져 있어. 찍으려면 염을 하기 전이라야 할 거야. 다시 말하지만, 내키지 않으면 거절해도 괜찮아."

몽인은 무슨 말을 해야 할지 몰랐다. 잠깐 생각을 하다가 몽인은 카메라를 갖고 있지 않아서 집으로 다시 들어가야 한다고 말하고 난 뒤, 병원의 위치를 물었다. 혜화동에 있는 대학병원 영안실이라고 친구가 대답했다.

전화를 끊고 나서야 그는, 친구가 왜 자신의 죽은 아버지를 찍으려고 하는지 이유를 물어보지 못했다는 생각이 들었다. 몽인은 한동안 큰길가에 멍하니 선 채로 휴대폰을 가만히 그러쥐었다. 굳이 전화를 다시 걸어서 이유를 물 필요까지는 없었다.

친구와 통화를 하는 동안 잊고 있던 봄의 얼굴이 전구에 불이 들어오듯 다시 그의 뇌리에 떠올랐다. 지금 봄이 자신의 곁에 없다는 사실은 단순히 아쉬움을 느끼게 하는 것만은 아니었다. 그건 감당하기 힘든 상실감을 닮아 있었다. 그에게 사랑하는 사람이 있어 좋은 것 중의 하나는 가기 싫은 곳에 가야 할 때 함께 갈 수 있다는 것이다. 아내와 헤어지기 전에는 어딜 가든 늘 아내와 함께였다. 그는 그 어느 곳에도 가고 싶지 않았으므로 어느 곳이든 가려면 아내가 필요했다. 친구나 선후배와 함께 가면 되었겠지만 불편한 곳일수록 사랑하는 사람이 있어야 했다. 아내에 대한 불만 중 하나는 고등학교 수학 교사라 저녁 늦게야 시간이 난다는 것이었다. 물론 그것 때문에 이혼을 결심한 건 아니었지만.

몽인은 주머니 안에 든 오백 원짜리 동전을 조몰락거렸다.

좀 전 약국에서 박카스를 사고 거스름으로 받은 동전이었다. 몽인은 눈길을 약국 쪽으로 돌리며 박카스를 연거푸 두 병 마셔도 탈이 없을까, 생각했다.

"봄이…… 정말 날 떠난 걸까?"

오후 내내 오르락내리락했던 좁고 긴 언덕길을 멍하니 바라보는 몽인의 눈가에 슬쩍 물기가 맺혔다.

찾아 나서다

택시기사

집으로 돌아가 검정색 계열의 점퍼를 걸치고 카메라를 챙겨서 다시 큰길까지 나온 몽인은 재동초등학교 앞 사거리까지 걸어 내려와서야 북촌길에서 내려오는 빈 택시를 탈 수 있었다. 택시의 뒷문을 열고 카메라 가방을 안쪽 자리에 얹은 뒤에 커다란 몸을 안으로 구겨 넣은 다음 몽인은 문을 닫았다. 그러곤 등받이에 몸을 기대며 "대학로." 하고 말하자, 앞머리가 벗겨진 택시기사가 룸미러로 몽인을 보며 대학로 어디냐고 물었다.

"대학병원요."

"이 시간엔 좀 밀리니 양해해주세요. 삼일로에서 유턴해서 창덕궁으로 가야 되는데, 이 시간엔 거기가 많이 막히거든요."

"막히지 않으면 금방 가지 않나요?"

"막히지 않으면야 금방이죠. 오 분이면 좀 박하고, 십 분이면 아주 넉넉하죠."

40대 후반쯤으로 보이는 외양과는 달리 택시기사의 목소리는 20대만큼이나 경쾌했다. 몽인은 택시기사에게 나이가 어떻게 되냐고 물어보고 싶었지만 묻지 않았다.

"사실 말이죠, 서울이 크다 해도 큰 게 아니에요. 추석날 같은

때는 상계동에서 여의도까지 가는 데 이십 분이 안 걸려요. 이
십 분이 뭐야, 신호만 잘 떨어지면 십오 분도 널널하죠."

"그건 아닌 거 같은데요…… 제 생각엔."

"그럼요, 그건 손님 생각이죠. 노원구청에서 여의도 국회의
사당까지 거리가 얼마나 될 거 같아요?" 한 50킬로미터는 되지
않을까, 싶었다. 하지만 몽인은 말하지 않았다. 택시기사도 그
의 대답을 기다리진 않았다. "25키로. 덜 되면 덜 됐지 더 되진
않을 겁니다."

믿기진 않았지만 믿지 않을 도리도 없었다. 하지만 상계동
노원구청에서 여의도 국회의사당까지의 거리는 서울에서 중
요하지 않다. 서울은 거리로 측정되는 도시가 아니라 시간의
도시다. 지척도 차가 밀리면 만 리가 되는.

"시속 100키로로 달린다고 해요. 삼십 분이면 50키로 가잖아
요. 25키로는 그 반이니까 십오 분, 답이 딱 나오잖아요. 근데
추석날 텅 빈 도로를 누가 100키로로 달려요. 그러니 십오 분
이면 널널하다 이 말이죠." 택시기사의 어조는 유순했다. 유순
한 택시기사의 말투는 어떤 강렬한 주장보다 강렬했다. 그는
택시기사의 말을 믿기로 했다. 룸미러를 통해 택시기사의 눈길

이 건너왔다. "운전, 안 하시죠?" 몽인은 룸미러를 빤히 쳐다보며 고개를 끄덕였다. 택시기사는 흡족한 듯 소리도 없이 환하게 웃고는 운전대를 바투 잡았다. "사실, 한국이란 나라가 크질 않잖아요. 미국의 사십 분의 일인가, 오십 분의 일밖에 안 되잖아요."

안국역 사거리에서 신호 대기를 하는 동안 택시기사는 요란하게 재채기를 하더니 조금씩 열려 있던 네 개의 창문을 모두 올려서 닫았다. 그러곤 룸미러 안으로 몽인의 표정을 살피다가 눈길이 마주치자 눈을 가늘고 둥글게 만들었다.

"문병 가시나 봐요?"

"아닙니다."

몽인의 무뚝뚝한 대답에도 기사는 그다지 신경을 쓰지 않았다. 택시기사의 눈은 여전히 웃고 있었고, 그의 손가락 열 개는 제각기 까닥거리며 핸들을 가볍게 두드려댔다. 마치 흘러나오는 노래에 장단을 맞추듯.

"영안실까지 들어갈 수 있을까요?" 몽인이 물었다. 그러자 예의 택시기사의 웃는 눈이 룸미러를 통해 몽인에게로 건너왔다.

"영안실 안에까지야 들어가질 못합니다만, 영안실 앞까지는 갈 수가 있지요, 흐흐."

그제야 몽인의 얼굴에도 웃음이 피어올랐다. 몽인은 카메라 가방의 입구를 열어 한참이나 안을 들여다보았다. 쿠션 칸막이로 나누어진 세 개의 공간에는 세 대의 카메라가 각기 놓여 있었다. 몽인의 손이 맨 오른쪽 공간에 놓인 하셀블라드를 집어 필름을 확인했다.

"친구 아버지가 돌아가셨는데, 사진을 찍어달래요." 몽인은 저도 모르게 불쑥 말했다.

"죽은 사람을요?" 신호가 녹색으로 바뀌었는데도 차는 출발을 하지 못했다. 택시기사가 몽인을 돌아보았다. "사진가시군요? 와, 하셀블라드네!"

몽인은 흠칫 놀랐다. 택시기사가 하셀블라드를 알고 있다는 게 신기하다는 생각을 하다가, 택시기사라고 하셀블라드를 몰라야 할 이유가 없다는 생각이 거의 동시에 들었다. 그래도 궁금했다.

"이런 건 일반인들은 잘 모르는데……."

"그럼요, 잘 모르죠. 그렇지만, 사진에 관심이 있으면 하셀블라드 정도는 알죠. 갖고 있진 않아도."

일리 있는 얘기였다. 얘기를 듣고 나니 미안한 마음이 들었다. 사과를 해야 하나, 하고 생각을 하다가 예전에 혹시 사진가였냐고 물을까, 하고 생각을 바꿨다. 그러다가 예전에 만약 사진가였다면 지금도 여전히 사진가일 거라는 생각이 들었고, 그렇다면 예전에 사진가였냐고 묻는 건 실례이며 제대로 물으려면 혹시 사진가십니까, 하고 묻는 게 맞다는 생각을 했다. 그래서 몽인은 아무것도 묻지 않기로 했다.

몽인은 카메라를 가방에 다시 넣고는 창밖으로 고개를 돌렸다. 버스 전용차선을 달리는 버스들도 그다지 속도를 내지 못했다. 몽인은 나란히 달리고 있는 버스의 옆구리에 붙은 광고판을 유심히 바라보았다. 거기, 봄이 있었다. 남성용 화장품 광고 속의 봄은 남자 모델의 굵고 단단한 팔뚝을 살그머니 만지고 있었다. '터치'라는 화장품 이름을 그대로 옮겨놓은 포맷이었다. 버스 정류장에는 봄이 남자 모델의 단추 풀린 셔츠 안으로 손을 집어넣는 사진도 붙어 있었다. 언젠가 봄은 그 남자 모델에 대해 얘기를 해준 적이 있었다. 그는 단 한 편의 드라마로 스타가 된 탤런트였는데, 형편없는 연기 덕분에 그가 출연한 서너 편의 영화는 모두 흥행에 실패했다. 하지만 그의 인기는 떨어지지 않았다고 했다. 봄이 그 남자 배우에 대해 들려준 것은 화장품 광고를 촬영하고 일주일쯤 지난 뒤였다. 어쩌면 한 달쯤 지난 뒤였을지도 모른다. 어쨌든, 중요한 것은 그 남자 배우가 봄에게 데이트 신청을 했다는 거였다. 인왕산 부근 S호텔의 스카이라운지에서 저녁을 사주겠다고 했는데, 봄이 거절했다고 했다. 왜 거절했냐고 몽인이 물었을 때 봄이 한 대답은 그 남자 배우가 신인 킬러라는 별명을 가지고 있다는 거였다. 그렇다면 그 남자가 왜 경찰에 체포되지 않았냐고 몽인이 농담을 던졌는데, 봄이 인상을 쓰며 그를 노려보았다. 농담인 줄 뻔히 알면서도 화를 내는 봄을 보면서 그는 그 남자 배우의 저녁 식사 초대를 거절했다는 건 거짓말일 거라고 확신했다. 그래서 몽인은 신인 여배우들을 죽이는 사람을 살인범으로 체포하지 않는 우리나라 경찰을 이해할 수 없으며, 한심한 경찰이긴 하지만 그래도 지금이라도 신고를 하는 게 맞지 않느냐고 다시 한 번 농담을 던졌다. 봄은 더 이상 얘기를 하지 않으려고 했다. 몽인은 그녀가 거짓말을 하고 있으며, S호텔의 스카이라운지에서 틀림없이 비싼 저녁식사를 같이했을 거라고 더 깊이 확신했다. 하지만 몽인은 더 이상 캐묻지 않았다. 묻고 싶지 않아서가 아니라 물을 수가 없었다. 아예 만나지도 않았다는 사람에게 그 뒤의 일을 물을 수는 없는 일이었다.

"근데 아까, 손님께서 죽은 사람을 찍을 거라고 말씀하셨잖아요." 택시기사가 말했다. 몽인의 눈길이 룸미러로 향했다. 예의 가늘고 둥글게 휘어진 택시기사의 눈이 그를 반갑게 맞았다. "근데 왜 찍어요? 죽은 사람을?"

"글쎄요, 친구가 부탁을 했어요. 자기 아버지가 돌아가셨는데 찍어달라고. 이유는 물어보질 못했어요. 물어봤어야 했는데, 물어볼 생각을 못 했네요."

"그거 혹시 영정 사진 찍어달란 얘기 아니었을까요?"

"영정이라면 빈소에 놓아두는 사진이잖아요."

"그렇죠."

"근데 영정이라는 건, 살아 있을 때 찍는 거 아닌가요?"

"그렇죠."

"그런데 왜 돌아가신 분 사진을 찍어서 영정으로 쓰겠어요?"

"그러네요. 그런데, 그냥 그런 생각이 들었어요."

택시기사는 틈이 조금이라도 보이면 택시 앞머리를 엉금엉금 기고 있는 차들 사이로 집어넣고 교묘하게 빠져나갔다. 그

러면서도 연신 눈길은 룸미러를 통해 몽인을 살피다가, 틈만
나면 말을 걸었다. 몽인도 그런 택시기사의 태도가 재밌기도
하고 신기하기도 해서 이런저런 궁금한 걸 물어볼까 싶기도 했
지만 여러 생각들이 복잡하게 뒤얽힌 그의 뇌는 극도의 피곤함
을 호소하고 있었다.

봄이 비빔국수가 먹고 싶다고 말한 것은 정오 무렵이었다.
가수 K의 포토 에세이집에 쓸 사진들을 사진 수정 프로그램을
이용해 손보고 있던 몽인은 봄에게 비빔국수를 만들 줄도 아느
냐고 물었다. 봄은 아무런 대답도 하지 않았다. 봄이 다시 비빔
국수가 먹고 싶다고 말한 건 그로부터 한 시간쯤 지난 뒤였다.
그제야 나가서 사 먹자는 얘기였냐고 몽인이 물었고, 봄이 무
표정하게 고개를 끄덕였다. 그러면 진작 그럴 것이지, 하면서
몽인은 그길로 봄의 손을 잡고 집을 나섰다.
화개길 단식원 부근에 국수와 떡을 맛있게 하는 조그마한 식
당이 있었다. 거기서 봄은 비빔국수를 먹었고, 몽인은 바람떡
한 접시와 호박국수를 먹었다. 국숫집에서 나와 봄이 차를 마
시자고 해서 가까운 곳에 있는 찻집으로 들어가 국화차를 마신

게 두시쯤이었다. 국화차를 마시며 몽인은 가수 K의 책에 쓸 사진 작업이 벌써 일주일이나 미루어지고 있다며, 하루가 늦어질 때마다 받기로 한 작업비의 5퍼센트를 깎겠다고 출판사와 계약을 했기 때문에 벌써 일주일이나 늦어졌으니 만약 작업한 사진들을 오늘 모두 넘긴다고 해도 작업비의 65퍼센트밖에 받지 못한다는 얘기를 늘어놓았다.

물론 농담이었다. 그러니까 너는 천천히 있다가 오고 나는 지금 당장 집으로 가는 게 좋을 거 같다는 뜻을 전한 것이었다. 몽인이 막 농담을 던진 후 소의 것만큼이나 커다란 봄의 눈에 그렁그렁 물기가 고였다. 몽인은 농담이었다고 말하려다가, 왠지 화가 났다. 그러고 보니 요즘 들어 봄이 부쩍 까다롭게 군다는 생각이 들었다. 스물세 살과 스물네 살의 봄은 천지 차이였다. 서른아홉 살과 마흔 살의 몽인 자신은 아무것도 변한 게 없었다. 그런 생각이 들자 몽인은 화가 좀 더 났다. 눈물이 그렁그렁 맺힌 봄의 눈을 정면으로 쏘아보며 몽인은 어른이면 어른다워야 하는 거라고 말했다. 하지만 몽인의 충고는 별 소용이 없었다. 봄의 눈에서는 본격적으로 눈물이 흐르기 시작했고, 결국 찻집을 나와야만 했다. 집으로 돌아가 가수 K의 에세이집에

실을 사진 작업을 마무리하기는커녕 봄의 마음이 풀릴 때까지 가회동 한옥마을의 골목길들을 돌아다닐 수밖에 없었다.

택시가 우회전을 해서 대학병원 입구로 들어섰고, 어린이 병동 입구에서 잠시 멈추었다가 응급실 앞을 거쳐 본관을 지나 얼마 가지 않아 오른쪽으로 꺾으라는 표시가 그려진 장례식장 이정표가 보였다.

"나중에 또 뵀으면 좋겠네요." 택시기사가 말했다.

"왜요?"

"두 가지예요."

"두 가지나요?"

"하나는 사진가님 친구분께서 왜 돌아가신 아버지를 찍어달라고 그랬느냐 하는 거고요, 또 하나는 사진가님께서 찍게 될 사진입니다."

택시가 장례식장 앞 2차선 도로에 멈추었다. 몽인은 아무런 말도 하지 않은 채 택시비를 지불하고 카메라 가방을 챙겨 들고는 택시에서 내렸다.

신혜

　대학병원 장례식장 입구에서 몽인은 주머니에 들어 있던 휴대폰을 꺼냈다. 최근 통화 목록에서 맨 위에 찍힌 낯선 번호가 박선규의 것이었다. 그 번호 아래는 모두 '봄'이었다. 몽인은 커서를 하나씩 아래로 움직였다. 봄, 봄, 봄, 봄, 봄, 봄, 봄. 페이지가 넘어갔다. 다시 '봄'이 시작되고 있었다. 오후 내내 봄을 찾은 흔적이 고스란히 남아 있었다. 여섯 개의 '봄'이 이어지고 난 뒤에야 다른 이름이 쓰여 있었다.

　신혜.

　몽인은 '신혜'에다 커서를 맞춰놓고 버튼을 눌렀다. 바뀐 화면에서 '문자메시지 전송'을 선택하고 확인 버튼을 눌렀다. 다시 화면이 바뀌었다. '새 문장 쓰기'에 커서를 대고 확인 버튼을 누르자 흰 화면이 나타났다. 몽인은 떠듬떠듬 자판을 찍기 시작했다.

여보 보고 싶네요

미안해요

확인 버튼을 누르고 메시지가 전송되는 동안 몽인은 물끄러미 하늘을 올려다보았다. 병원 담 너머로부터 날아든 자동차 소음들이 거무튀튀한 하늘 위로 빨려 올라가고 있었다.

친구의 형수

신발 끄는 소리에 몽인이 뒤를 돌아보니 수염이 수북하게 얼굴을 덮고 있는 남자가 장례식장 로비에서 그를 향해 왼쪽 손을 살짝 들어 보였다. 성큼성큼 걸어온 남자는 몽인 앞에서 걸음을 멈추더니 오른손을 내밀었다.

낯설었다.

몽인은 남자가 내민 손을 선뜻 잡지 못했다. 남자의 얼굴에서 수염을 지워내고 몇 개의 굵은 주름과 몸에 붙은 군살을 제거하자 비로소 박선규가 드러났다. 몽인이 남자의 손을 잡았다.

"여전하구나." 한쪽 입꼬리가 올라가며 박선규가 말했다. 그의 입에서는 약간, 술 냄새가 났다. 몽인은 뭐가 여전한 건지를 묻고 싶었지만 묻지 않았다. 그보다는 예의를 표하고 싶은데 무슨 말을 해야 좋을지 몰랐다. 어떻게 돌아가신 거니? 아버님이 돌아가셔서 얼마나 당황했니? 마음이 많이 아프겠구나.

"한국엔 언제 들어왔니?"

"그저께. 이번엔 진짜 돌아가실 것 같다고 형수님이 전화를 하셨더라. 그래서 마지막 모습을 지켜볼 수 있었단다."

형수.

그녀는 박선규에게 아주 소중한 사람이었다. 만나본 적은 없었지만 몽인은 그녀를 알고 있었다. 조그마한 사진으로나마 얼굴도 본 적이 있었다. 뉴욕에서 산 1년 동안 박선규로부터 스무 번 정도는 그녀의 얘기를 들었을 것이다. 어쩌면 백 번도 넘게 들었을지 모른다. 일주일에 한 번 정도 그와 술을 마셨고, 술을 마실 때마다 그는 형수의 얘기를 했으니까.

"그동안에도 자주 아프셨구나, 아버님이."

"여러 번. 한국에 살지를 않으니까 점 보는 것 같더라."

무슨 뜻일까?

"매번 아버지가 아프실 때마다 형수님이 점을 쳤지. 아직 돌아가시진 않을 것 같다, 위독하긴 한데 이번에도 그냥 넘기실 것 같다. 그런데 이번엔 꼭 돌아가실 것 같다고 그러더라. 그래서 들어왔지."

"접이 맞았구나."

재밌을 것 같아서 한 말인데, 둘 모두 웃질 못했다. 박선규가 몽인의 손등에 자신의 왼손 손바닥을 포개며 쓸었다.

"미안하다, 이렇게 불러서."

"아니야. 당연히 와야지." 그렇게 말하면서도 몽인은 어색했다. 어색함을 벗어나보려고 말을 이었다. "네 형수님을 볼 수 있겠구나." 어색함에서 벗어나기는커녕 그렇게 말하고 나자 더 어색했다.

박선규에겐 형이 하나 있었다. 똑똑하고 책임감이 강한 남자였다. 물론 선규의 생각이었다. 집이 가난해서 대학 진학을 일찌감치 포기한 선규의 형은 고등학교를 졸업하자마자 자원해서 군에 입대했고, 제대할 무렵 장기 복무를 신청하고 하사관이 되었다. 박선규의 형은 대학에 진학할 동생의 학비를 대기 위해선 자신이 직업군인이 되는 게 가장 빠른 길이라고 판단했던 것이다. 선규가 고등학교 2학년 때의 일이었다.

선규의 형은 하사관이긴 했지만 사병들과 나이가 비슷하거나 오히려 적은 경우도 있어서 부대 생활이 순탄하질 못했다.

20대 중반이 되어서야 겨우 자리를 잡을 수 있었는데, 이번엔 동갑의 간호장교와 사랑에 빠지게 되면서 다시 곤란을 겪어야 했다. 그 간호장교가 나중에 선규의 형수가 될 여자였다. 겨우 부대에 적응했나 싶었는데, 이번엔 장교들이 하사관과 여성 장교의 사랑을 탐탁해하지 않은 것이다. 결국 선규의 형수는 결혼과 함께 군복을 벗었고, 동네 병원에 간호사로 취직해 일찍 혼자가 된 시아버지와 시동생을 보살폈다.

대학 3학년을 마치고 휴학을 한 선규가 방위로 동사무소에서 근무하고 있던 해 가을, 형의 사고 소식이 전해졌다. 평소 선임하사의 가혹한 폭력에 시달리던 일등병이 선임하사를 향해 자동소총을 난사한 사건이었다. 그 선임하사가 선규의 형이었다. 선규는 믿을 수가 없었다. 형이 죽임을 당할 만큼 누군가에게 폭력을 행사했다는 사실은 너무도 충격적이었다. 임신 7개월째로 접어들던 형수가 두 달에 걸친, 그야말로 사투 끝에 사건을 뒤집을 수 있는 결정적인 단서를 찾아냈다. 정신병원에 수용되었다가 의병제대를 한 사건의 당사자인 일등병으로부터 진상을 밝히는 중요한 진술을 얻어낸 것이다. 선규의 형수가 추적한 바에 따르면, 선규의 형을 죽음에 이르게 한 사람은 일등병이 아니라 소대장이었다. 음주가 금지된 전방 부대에서 선규의 형은 사병들과의 관계를 고려해 적당히 음주를 허용하곤 했는데 그것을 못마땅하게 여기고 있던 소대장과 간혹 언쟁이 오갔다. 그러다가 마침 전역하는 말년 병장의 회식을 위해 소주를 사준 게 빌미가 되어 말다툼이 이는 과정에서 소대장이 총기 거치대의 자동소총을 집어 들고 선규의 형을 쏘아버렸다. 그 자동소총이 바로 가해자로 몰린 일등병의 것이었고, 소대장은 일등병을 정신병원에 입원시킨 후 제대를 시켜주겠다고 사건을 조작했다는 거였다.

선규의 형수는 만삭의 몸으로 힘들게 싸웠지만 법정에서 사건은 뒤집혀지지 않았다. 사건을 뒤집을 수 있을 것 같았던 일등병의 증언은 심신을 상실한 자의 '헛소리'로 취급되었을 뿐이었다. 선규의 방위소집이 해제되자마자 선규의 형수는 선규에게 이런 나라에서 계속 살고 싶으냐고 물었다. 선규의 대답은 살고 싶지는 않지만 살지 않을 수도 없지 않느냐는 것이었다. 선규의 형수는 이런 나라에서 살고 싶지 않으면 살지 않아도 된다며 미국으로 유학을 떠나라고 했다. 그리고 미국에서 자리를 잡을 때까지 학비와 생활비 일체를 대줄 테니 나중에 조카를, 그러니까 자신의 아들을 책임져달라고 했다. 선규는 거절할 수 없었다. 몽인이 뉴저지 선규의 집에서 신세를 지고 있던 당시 여덟 살짜리 사내애도 함께 살았는데 그 아이가 바로 선규의 조카였다.

"마이클도 같이 나왔겠구나."

마이클은 선규 조카의 미국 이름이었다. 이름이 쉬워 용케 기억하고 있었다. 박선규의 고개가 흔들렸다. 의외였다.

"아주 어릴 적에 미국으로 데리고 가서 그런지 완전히 미국식이야. 한국으로 나오는 게 싫대."

"엄마가 보고 싶지도 않은 거야?"

"엄마가 미국으로 올 테니까 조금만 기다리면 된대. 흐흐."

"형수님도 이번에 아주 미국으로 가시는 거야?"

박선규의 고개가 끄덕끄덕 움직였다. 그리고 약간 주저하는 듯한 표정으로 바뀌더니 말했다.

"미국에 가면 결혼할 거야."

저도 모르게 굵은 침 덩이가 몽인의 목구멍 너머로 삼켜졌다. 결혼을? 누구랑? 몽인은 묻지 않았다. 박선규는 몽인의 손을 잡은 채로 몸을 돌렸다. 손에 땀이 촉촉이 배어 미끈거렸다.

죽은 사람

몽인은 손가락이 뻣뻣하게 굳어서 셔터를 제대로 누를 수가 없었다. 셔터를 누르는 손에 지나치게 힘이 들어가다 보니 사진이 자꾸만 조금씩 흔들렸다. 벌써 여러 컷을 찍었지만 제대로 찍힌 것은 없었다. 시신 보관실의 낮은 온도와 쇠에 코를 대고 있으면 맡아질 것 같은 투명한 냄새에 쉽게 적응되지 않았다. 하지만 무엇보다 기이하게 느껴지는 건, 죽은 사람에게 카메라를 들이밀고 있는 자신의 모습을 마치 사진기의 뷰파인더를 통해 보고 있는 것 같은 느낌이었다. 화면을 가득 채운, 표정 변화가 없는 노인의 얼굴은 마치 존재하지 않는 신기루와 같았다.

"도무지 이해할 수가 없군."

그렇지 않아도 작은 키에 등이 약간 휘어서 더 작아 보이는 초로의 관리인 남자가 혼잣소리처럼 중얼거렸다. 몽인은 슬쩍 남자를 곁눈질했다. 몽인이 정작 카메라에 담고 싶은 것은 바로 이 남자의 표정이었다. 망자 아들의 간곡한 부탁이라 어쩔 수 없이 들어주지만 영 불경스러워서 오늘 밤엔 잠이 안 올 것 같다면서 남자는 시신 보관함을 끌어냈다. 바로 그 순간 보았던 남자의 표정이 몽인의 뇌리를 떠나지 않았다. 인간이 만들어낼 수 있는 가장 곤혹스런 순간이 그 안에 고스란히 담겨 있었다.

"몇 장만 더 찍을게요."

몽인은 출입문 쪽에 놓인 나무 의자를 가져와서 그 위에 올라가 얼굴의 정면과 10도 정도 아래쪽에서 대여섯 장을 더 찍었다. 사진기를 접으며 몽인은 관리인 남자를 보았다.

"저, 죄송한 말씀인데…… 아저씨 사진을 좀 찍어도 될는지요?"

남자가 고개를 쑥 뺐다. 그의 오른손 검지가 자신의 가슴을 구부정하게 겨냥하고 있었다. 그 손가락은, 아니 남자의 손 전체가 몸집에 비해 엄청나게 굵고, 두텁고, 컸다. 몽인이 살짝 미소를 지으며 고개를 끄덕였다. 그러자 남자가 쿡, 하고 헛웃음을 웃었다.

"그럽시다. 근데, 찍으면 꼭 빼줘야 해."

"물론이죠."

몽인은 박선규의 아버지를 찍을 때 디디고 올라섰던 나무 의자 바닥을 손바닥으로 닦아내고는 거기에 관리인 남자를 앉게 했다.

"어떻게 해야 하지?"

남자는 얼굴을 굳히며 허리를 펴려고 애썼다. 몽인은 남자를 향해 카메라를 세우고 뷰파인더를 내려다보았다. 몽인은 셔터를 연속으로 눌러대며 말했다.

"좋아요. 그냥 계시면 돼요. 편하게요. 좋아요."

카메라 창에 나타난 남자의 얼굴에 기묘하게도 조금 전 찍은 박선규 아버지의 표정 없는 얼굴이 겹쳐 있었다. 천천히 눈꺼풀이 덮일 때의 남자의 눈은 선규 부친의 그것보다 훨씬 죽음에 가까웠다. 그러다 눈이 떠지는 순간 죽음은 쏜살같이 다시 삶 쪽으로 건너왔다. 몽인은 무엇에 홀린 것처럼, 깜빡이는 남자의 눈을 향해 줌을 최대한으로 당겼고 셔터를 빠르게 눌렀다.

등허리로 땀이 주르르 미끄러지는 것을 느끼며 몽인은 고개를 들었다. 굵은 주름이 파인 남자의 노란 이마가 몽인의 시선을 잡아끌었다. 그것은 벽돌처럼 딱딱해 보이기도 했고 스펀지처럼 푸석해 보이기도 했다. 몽인은 자신도 모르게 그 남자의 이마를 향해 손을 뻗었다. 초로의 키 작은 남자는 얼어붙은 듯 꼼짝하지 않았다.

산 사람

몽인이 사진을 다 찍고 카메라 가방에다 카메라를 넣는 동안 시신 보관실 관리인은 의자에 앉은 채로 한참이나 생각에 잠겨 있었다. 인사를 하려고 몽인이 남자를 보았을 때 한시 방향으로 고개를 꺾은 채로 남자가 몽인을 쳐다보았다.

"그 사진 말이요. 날 찍은 사진."

초로의 남자가 보내오는 눈빛이 어떻게 저토록 절실할 수 있는지, 몽인은 팔뚝 가득 소름이 돋는 걸 느꼈다.

"그거, 없애주면 안 되겠소?"

남자의 말은 간곡하기 그지없었다. 이유가 궁금했다. 하지만 왠지 이유를 물을 수가 없었다. 입을 다물고 있는 몽인의 눈을 피해 남자는 천장으로 눈길을 돌렸다. 그 눈에선 좀 전에 가득 했던 간절함은 찾을 수가 없었다. 마치 책이 가득 꽂혀 있던 책장이 텅 비어버린 것 같았다. 남자가 빈 눈동자만큼이나 휑하게 비어버린 목소리로 말했다.

"내가 그 사진기 속에 갇혀버린 것 같아서 말이오." 남자의 빈 목소리는 한동안 계속되었다. 30년 가까이 시신을 수습한 이야기를 늘어놓는 그의 목소리는 간간이 끊어졌다 이어졌다. 그러고는 그렇게 오랜 세월 염(殮)을 했지만 자신이 수습한 시신과 영정 사진이 완전히 딴판인 것은 이번이 처음이라고, 하마터면 입관까지 마친 시신을 몰래 다시 확인할 뻔했다고 털어놨다.

"죽은 사람의 시신이 바뀌기도 하는 건가요?" 몽인의 물음에 남자는 세차게 도리질을 쳤다.

"그런 얘기가 아니라오. 무겁던 삶을 내려놓았으니 망자들 얼굴이란 대체로는 아주 평온하지. 그런데 그 사람의 얼굴은 그냥 평온이 아니야. 염화미소(拈華微笑) 같더란 말이야. 부처님 말씀을 혼자서 알아듣고 가섭(迦葉)이 지었다는 그 미소 말씀이야. 그런 건 처음이었지. 무거운 짐을 내려놓은 얼굴 정도가 아니라 뭐랄까, 입적한 부처님 상호를 대하는 것 같더란 말이지. 그러니 평소 얼굴이 어땠는지 궁금할밖에."

그런 궁금증 때문에 남자는 그 사람의 영정이 모셔져 있는 빈소를 괜히 기웃거리곤 했단다. 하지만 매번 그가 확인한 것은 자신이 수습한 시신의 얼굴과는 판이하게 다른 얼굴이었다. 영정 속에 담겨 있는 죽은 이의 살았을 적 얼굴이 고뇌에 찌들어 보였기 때문은 아니었다. 그 얼굴도 곱고 평온해 보였다. 다만 그 고움이나 평온함으로는 시신의 염화미소를 설명할 수 없었다.

남자의 마음을 모두 헤아릴 수는 없었지만 몽인의 고개가 절로 끄덕여졌다. 그때 남자가 불쑥 말했다.

"불란서의 어떤 시인이 그랬다 그래요. 기린을 보여주는 사람은 난쟁이를 숨긴다고."

몽인의 입이 주먹 하나는 충분히 들어갈 정도로 벌어졌다. 자신의 입이 왜 그렇게 쩍 벌어진 것인지를, 몽인은 알 듯 말 듯했다. 남자가 볼품없는 몸을 의자에서 일으켰다. 벽돌 같기도 하고 스펀지 같기도 한 남자의 누런 이마는 여전히 깊게 패어 있었고, 등은 척추 환자처럼 휘어져 있었다.

"저……" 몽인이 남자를 바라보며 입을 뗐다. 남자의 눈이 몽인에게로 건너왔다. 지금 남자를 바라보는 자신의 눈빛이, 아마도 자기 사진을 없애달라고 부탁하던 때의 남자의 그것과 꼭 같을 거라고 몽인은 생각했다. "사진을 그냥, 제가 쓰면 안 될까요?"

몽인의 말에 남자는 아무 대답도 하지 않았다. 남자의 얼굴에는 어떤 표정도 떠오르지 않았다. 한동안 몽인을 쳐다보고 있던 남자가 툭 뱉듯 말했다.

"괘념치 말아요. 사진을 안 보내줘도 된다는 뜻이오."

그러고는 남자는 나무 의자를 들고 출입문 쪽으로 걸어가 그것을 문 안쪽에 내려놓았다. 남자는 문을 열더니 몽인을 향해 천천히 눈을 몇 번 껌뻑거렸다. 일을 다 보았으면 어서 나가라는 듯이.

영원한 사람

시신 안치실 밖으로 나오는 몽인을 보자 기다리고 있던 박선규가 다가와 반갑게 손을 잡았다.

"고마워."

"그런데, 내 전화번호를 어떻게 알았어?" 몽인은 박선규의 손을 맞잡으며 줄곧 묻고 싶었던 걸 그제야 물었다.

"응. 우연히 봄이 씨를 만났어. 네 생각이 난 건 봄이 씨 덕분이야."

몽인은 하마터면 뒤로 넘어질 뻔했다. 놀라는 몽인의 표정에 박선규가 오히려 더 놀란 듯 눈을 동그랗게 떴다. 침착하려고 했지만, 몽인은 뛰는 가슴을 진정시킬 수가 없었다.

"봄이? 네가 봄이를 알아?"

당연한 걸 왜 묻느냐는 듯 박선규가 미간을 좁히고 입을 쑥 내밀며 몽인을 바라보았다.

"작년에 봤잖아."

몽인이 콧잔등에 주름을 만들었다. 기억이 났다. 지난가을, 봄은 영화 촬영차 열흘 정도 미국에 다녀온 적이 있었다. 어릴 때 한국에서 미국으로 입양된 젊은 여자의 이야기를 다룬 영화였다. 봄은 여주인공의 미국 친구들 중 하나로 일본에서 미국으로 유학을 온 여대생 역이었다. 봄이 일본인처럼 생겨서 그 역할을 맡게 된 건지는 알 수 없었지만 그때도 비중 있는 역할은 아니었고, 대사도 거의 없어서 일본식 영어 몇 마디가 고작이었다. 뉴욕을 뉴요꾸, 라고 발음하던 봄은 바보 같았다. 하지만 영화를 끝까지 보지 않고 극장을 나왔던 건 그 이유가 아니었다. 영화 자체가 시시했다. 슬픈 감정을 자아내려는 감독의 의도가 너무 빤했다.

"아 참, 너도 그 영화에 출연했다고 했지?"

"출연은 아니고, 내가 일하는 바에서 그 영화 촬영이 있었지."

영화 속 주인공이 잠시 들르는 장소로 선택된 곳이 우연찮게도 박선규가 기타를 연주하는 바였다. 하지만 당시 박선규와 봄이 얘기를 나누게 된 건 봄이 가지고 있던 몽인의 라이카 카메라 덕분이었다. 다들 디지털카메라를 갖고 있는 시대에 필름카메라를 갖고 있는 봄에게 박선규가 관심을 보인 것이다. 봄이 아는 사진가의 카메라라고 하자 박선규는 한국에 아는 사진가가 있다고 했고, 그 둘은 곧 각자가 아는 사진가가 동일인임을 알게 되었다. 박선규가 그 일을 떠올리며 새삼 놀라워했다.

"선규야."

"응."

"너, 봄이를 본 게 언제였니?"

"10월 말? 11월 초?"

몽인이 고개를 흔들었다.

"아니, 오늘 봤다고 했잖아."

"아, 그거? 너한테 전화 걸기 직전이었으니까 다섯시 반쯤?"

"어디서 만났어?"

"여기, 병원 앞."

"병원 앞, 어디?"

"여기 대학병원 가까이에 재즈 학원이 있어. 그러니까 입구
바로 왼편에 빌딩이 있는데…… 그런데 왜 그래, 심각하게?"

박선규가 얘기하는 곳이 몽인이 아는 데는 아니었다. 중요한
건 두 시간 전에 대학로에 봄이 있었다는 사실이었다. 지금도
여전히 그녀는 대학로에 있을지도 몰랐다. 몽인의 가슴이 세차
게 뛰고 있었다.

"혹시, 누구랑 같이 있었니?"

"봄이 씨가?"

박선규의 입은 무성한 수염에 가려져 있어서 말을 할 때마다
수염이 들썩거렸다. 마치 복화술을 하는 것 같았다. 꽤 오랜 세
월이 흘렀지만 미국에 같이 살던 동안 언제나 말끔히 면도를
하고 있었던 터라 박선규의 모습은 여전히 낯설었다.

"잘 모르겠다. 누구랑 같이 있었던 것 같기도 하고, 아닌 것 같기도 하고."

"뭐 이상한 느낌은 들지 않았니?"

"이상한 느낌? 어떤 느낌?"

몽인은 10여 년 만에 만난 친구에게 그가 길에서 아주 잠깐 만난 여자에 관해서나 꼬치꼬치 캐묻고 있는 자신이 한심했다. 몽인은 크게 고개를 끄덕이고는 어금니를 한번 꽉, 물었다.

"사진, 언제쯤 필요하니?"

박선규가 가볍게 미소를 띠며 지그시 몽인의 눈을 응시했다. 그의 수염이 다시 움직였다.

"영원한 건 없어."

"응?"

"미국에서 요즘 인기를 끌고 있는 재즈곡 중에 〈For ever and ever〉라는 게 있어. 영원히, 언제까지나, 뭐 그런 뜻일 테지. 그런데 그 노래의 반복되는 후렴은 전혀 달라. 영원한 건 없어, 그렇다는 걸 난 잘 알지."

박선규는 그렇게 말하고는 가볍게 한숨을 내쉬었다. 몽인은 그 한숨이 자신을 향해 내뿜어진 거라는 생각이 들었다. 몽인은 한쪽 입꼬리를 끌어 올리며 박선규를 향해 웃어 보였다. 걱정 마, 친구. 나도 알고 있으니까. 아무것도 영원하지 않다는 거. 그런데 혹시 그 노래에 이런 가사는 없나. 세상에 영원한 건 아무것도 없다는 사실만은 영원하다, 는.

"사진, 언제 필요한 거야?"

"미국으로 돌아가기 전까지만 줘."

"영정 사진으로 쓰려는 게 아니었구나."

박선규가 눈을 동그랗게 떴다. 그의 고개가 흔들리는 것도 끄덕이는 것도 아닌, 묘한 움직임을 보였다.

"그 생각은 못 했네. 그거 좋은 생각 같은데."

"물어봐도 되지? 사진 찍은 사람 자격으로."

"아버지 시신을 찍어달라고 한 이유?"

"응."

"대답했는데."

박선규의 묘한 미소가 천천히 몽인에게로 건너갔고, 몽인의 얼굴에 박선규의 그것을 닮은 미소가 천천히 번져 올랐다.

"영원한 것은 없다?"

박선규의 고개가 끄덕거렸다. 그의 수염이 움직이기 시작했다.

"순간만이 영원하지. 사라져버리는 순간을 가질 수 있다면 영원을 가지게 되겠지. 때때로 사진이 그걸 가능하게 해준다고 하면, 맞나?"

"물론. 하지만 가짜야. 사진에 찍힌 건 순간이지만, 영원은 아니야."

"어째서?"

"사라지지 않으니까."

"사라지는 순간만이 영원하다?"

몽인이 카메라 가방을 어깨에 둘러멨다. 그러곤 손을 뻗어 박선규의 수염을 장난스럽게 쓸었다.

"이런 말장난은 아무 소용이 없어. 가볼게."

박선규가 몽인이 했듯 자신의 손으로 수염을 쓸었다.

"사진, 언제쯤 나올 수 있는 거야? 빨리 되면?"

"오늘 밤? 그런데, 당장은 할 일이 있어."

"내일 아침까지, 부탁해도 되겠니?"

"정말 영정 사진으로 쓰려고?"

"응."

두 사람은 소리 없이 웃기 시작했다. 허리를 꺾어가며 소리 없이 웃었다. 한참을 그렇게 웃고 나서 두 사람은 서로의 얼굴을 마주 보았다. 몽인은 박선규의 눈이 젖어 있는 것을 발견하고는 저도 모르게 다가가 그를 껴안았다. 지난 2년, 누군가를 그렇게 껴안아본 기억이 없었다. 봄을 제외하곤.

"갈게. 사진은, 내일 아침에 가져다주지."

"고맙다."

"고마워할 사람은 난 거 같은데."

박선규가 서양 사람처럼 어깨를 으쓱해 보였다.

"봄이를 찾으면 더 고마워할 거야."

"봄?"

박선규가 다시 어깨를 으쓱해 보였고, 몽인은 왼손을 들어 보이며 돌아섰다. 고개를 들자 멀리 병원 담 너머로 도심의 밤 풍경이 마치 지친 나그네를 위로하는 한 줄기 빛처럼 몽인의 눈 속으로 빨려들었다.

보다

보이지 않는 사람

몽인은 장례식장을 나와 왼쪽 동문 쪽으로 가지 않고 오른쪽으로 길과 연해 있는 조그마한 출입구로 빠져나왔다. 굽은 4차선 도로 건너로 창경궁의 담벼락이 길게 늘어서 있는 게 보였다. 그 오른쪽 끝에 과학관이 커다란 광고판을 인 채로 서 있었다.

작은 출입구와 붙어 있는 조그만 가게에서 음료수를 하나 산 몽인은 뚜껑을 따서 마시면서 대학병원 담을 따라 걸었다. 그러곤 담이 끝나는 곳에서 오른쪽 샛길로 들어섰다. 샛길로 들어서서 얼마 가지 않아 음료수 병이 다 비었다. 몽인은 병을 버릴 곳을 찾아 주변을 두리번거렸지만 쓰레기통 같은 건 보이지 않았다. 하는 수 없이 그는 빈 병을 든 채로 다시 골목길을 걷기 시작했다.

몽인은 아직 문을 닫지 않았으면 집으로 가지 않고도 현상을 할 수 있는 스튜디오를 찾아가는 길이었다. 스튜디오의 이름은 정확히 기억나지 않았다. '보라'였는지 '보다'였는지, 헷갈렸다. 하지만 스튜디오의 사장이 2년 전 전시회 때 몽인의 사진을 두 점이나 꽤 비싼 값으로 구입해서 전시회가 끝난 뒤 몽인이 직접 그 사진들을 스튜디오로 갖다 준 탓에 위치는 기억에 남아 있었다.

샛길 끝에 이르렀을 때 길 밖으로 멀티플렉스 극장의 뾰죽한 건물 모양이 몽인의 눈에 들어왔다. 길 끝에서 잠시 걸음을 멈춘 몽인은 양쪽 길을 번갈아 바라보다가 오른쪽으로 방향을 잡았다. 걸음을 막 떼었을 때였다. 한 여자가 뒤편에서 쑥 나타나 몽인의 왼편을 스쳐 지나갔다. 키가 크고 비쩍 마른 여자의 뒷모습이 몽인의 눈에 박혀들듯 들어왔다.

봄이었다.

그런데 이상했다. 봄이 아닌 것 같았다. 2년을 함께 살았던 사람이 아니었다. 몽인은 여자가 나타났던 뒤편으로 고개를 돌려 새삼스럽게 골목 안을 둘러보았다. 여자가 마치 자신의 뒤를 쫓아오기라도 한 것처럼 느껴졌다. 골목 양편에 켜진 모텔 간판의 붉은 네온이 깜짝 놀란 듯 일제히 껌뻑였다. 몽인은 다시 여자 쪽으로 고개를 돌렸다. 어느새 여자는 꽤 멀리 떨어져 있었다.

아니겠지. 아닌가?

몽인은 이름을 불러볼까도 생각했지만 그냥 여자의 뒤를 쫓기 시작했다. 여자는 고개를 오른쪽으로 꺾어 멀티플렉스 극장을 바라보면서 계속 걸음을 옮겼다. 여자는 그렇게 화장품 가게를 지나치고, 분식집을 스쳐 갔다. 여자는 뜻밖에도 1인분에 3,500원밖에 하지 않는 돼지갈비집 앞에서 잠시 걸음을 멈추었다. 몽인도 걸음을 멈추었다. 봄은 돼지고기를 먹지 않았다. 만약 여자가 그곳으로 들어간다면 그녀는 봄이 아닐 것이다. 몽인은 여자가 돼지갈비집으로 들어가주기를 간절히 바랐다. 하지만 곧 마음을 바꿨다. 들어가지 마라, 하고 몽인은 생각했다.

여자는 어깨에 걸치고 있던 끈이 긴 조그맣고 반들거리는 검정 가방을 열더니 뭔가를 꺼내 들여다보았다. 휴대폰으로 시간을 확인하는 거라고 몽인은 생각했다. 몽인은 재빨리 자신의 휴대폰을 주머니에서 꺼내 봄의 번호 위에 엄지를 대고 길게 눌렀다. 만약 여자가 휴대폰을 받는다면 그건 분명 봄일 것이다. 귀에 익은 음악이 몽인의 고막 안 깊숙한 곳까지 스며들었다.

세라 매클라클런의 〈Angel〉이었다.

여자는 손에 들고 있던 휴대폰을 도로 가방에 집어넣으려다가 다시 휴대폰을 들여다보는 듯한 동작을 취했다. 그 모양을 보고 몽인은 여자가 봄이라는 것을 확신했다. 여자는 그대로 걸음을 옮기기 시작했다. 공교롭게도 여자가 휴대폰을 가방에 집어넣은 것과 몽인의 귓속으로 파고들던 음악이 그친 건 거의 동시였다. 몽인은 통화 기록창을 열었다.

봄

010-3826-9979

4/04[토] 21:17P

0:00:07

여자가 휴대폰에 찍힌 번호를 확인하고 정지 버튼을 누르기까지 칠 초 이상이 걸리지 않은 것이다. 몽인의 입에서 한숨이 뽑혀 나왔다. 몽인은 다시 버튼을 눌렀다. 천사를 부르는 감미로운 가수의 목소리가 다시 몽인의 고막 깊숙한 곳으로 밀려들어 핏줄을 타고 온몸을 흘렀다. 그 감미로운 목소리는 몽인의 폐를 깨끗이 씻긴 다음 심장으로 흘러 들어갔다. 몽인의 심장이 펄떡거리며 뛰었다.

여자는 휴대폰을 확인하지 않았다. 가수의 노래는 끊임없이 계속되었다. 몽인은 눈앞이 뿌옇게 흐려지는 것을 느끼며 정지 버튼을 누르곤 다시 걸음을 뗐다. 마치 귀신의 뒤를 쫓는 것 같았다.

'아닌가……?'

큰길에 다다른 여자는 오른쪽으로 방향을 틀었다. 스튜디오는 왼쪽이었다. 몽인은 오른쪽으로 돌아 여자와의 거리를 유지했다. 카메라 가방을 멘 왼쪽 어깨가 저려왔다. 여자는 횡단보도에서 걸음을 멈추고는 길 건너편을 훑었다. 그러다가 한 곳에서 멈추었다. 몽인의 시선이 그녀의 눈길이 멈춘 데로 짐작되는 곳을 찾았다. 커피숍이 보였다. 신호가 초록색으로 바뀌었다. 여자가 인파에 묻혀 횡단보도를 건넜다. 몽인은 그 자리에 선 채로 여자를 주시했다. 그녀가 커피숍으로 간다면 자신이 스튜디오에 필름을 맡길 시간은 벌 수 있을 거라는 생각이 들었다. 예상대로 길을 건넌 여자는 커피숍으로 들어갔다. 몽인은 돌아서서 스튜디오를 향해 빠른 걸음으로 걷기 시작했다.

젊은 남자

스튜디오의 이름은 '보라'였다. 그리고 그것은 눈으로 보라는 것이 아니라 보라색을 의미했다. 스튜디오 안은 온통 보라색으로 가득했다. 카운터 뒤편 벽에 하얗고 깔끔한 명조체로 '저희 보라는 스물네 시간 여러분의 맑은 모습을 담아냅니다'라는 문구가 적혀 있었다. 24시간 스튜디오였다. 매장 안은 몽인이 스튜디오 사장에게 자신의 사진들을 직접 갖다 줬을 때와는 모든 게 달랐다. 몽인은 갑자기 의기소침해졌다. 이 년 전 스튜디오의 모습을 기억할 수 없었기 때문이다.

"여기 인테리어, 언제 바꾸신 거죠?"

몽인은 얌전한 여자처럼 생긴 카운터의 젊은 남자에게 물었다. 젊은 남자는 무슨 뜻인지 잘 알아듣지 못한 듯 한참이나 대답을 하지 못했다. 그러다가 스튜디오 안을 빙 둘러본 뒤에야 말했다.

"제가 근무하고는 바뀌지 않았습니다. 그러니까 지난해 봄부터 근무를 하기 시작했으니까 적어도 1년 동안은 인테리어가 바뀌지 않았다고 해야겠죠."

젊은 남자는 침착했다. 몽인은 그의 태도가 마음에 들었다. 미남은 아니었지만 젊은 남자의 깊은 눈은 매력적이었다. 실내에서 오랜 시간을 근무한 탓인지 눈의 흰자위에 실핏줄이 붉게 일어서 있는 것도, 그래서 약간 피곤해 보이는 것도, 매력을 반감시키지 않았다. 오히려 클로즈업해서 찍어보고 싶을 정도로 강렬했다.

몽인은 자신의 이름을 댄 뒤 사장이 있냐고 젊은 남자에게 물었다. 남자는 몽인을 금방 알아보았다. 그는 사장실에 몽인의 사진 두 점이 나란히 걸려 있다는 것과 그 사진들에 관해 사장이 그에게 여러 차례 자세히 설명해주었다는 얘기를 했다. 그러고는 몽인을 꼭 만나고 싶었다는 말로 마무리를 했다.

몽인은 남자에게 필름을 맡겼다. 그러고는 만약 내일 아침까지 찾으러 오지 않으면 대학병원 영안실로 갖다 줄 수 있는지를 물었다. 멀지 않으니 가능하다고 젊은 남자는 싫은 기색 없이 말했다. 몽인은 카운터 한편에 놓인 보라색 메모지를 가져다가 박선규의 이름과 휴대폰 번호, 그리고 몽인 자신의 이름과 휴대폰 번호도 함께 적어 젊은 남자에게 건네주었다. 몽인은 인화할 사진의 사이즈를 일러주고는 젊은 남자를 향해 가볍게 목례를 하고 돌아섰다.

"저, 선생님."

몽인이 고개를 돌려 젊은 남자를 보았다. 남자의 볼이 발그

레하게 물들어 있었다. 뭔가 묻고 싶은 게 있는 모양이었다. 젊은 남자는 몽인의 눈을 응시하면서도 한참이나 뜸을 들인 후에야 입을 뗐다.

"좋은 카메라를 쓰면 좋은 사진을 얻을 수 있나요?"

젊은 남자의 그 물음은 몽인에게 물음 이상의 것으로 다가왔다. 그것은 마치 가르침을 주기 위해 대답 대신 도리어 묻는 선사(禪師)의 그것과 같았다. 비를 짓지 않는 구름은 구름이 아닌가? 하찮은 개에게도 부처의 성품이 있는가? 연못을 뚫고 달빛이 비쳐 드는데도 왜 물 위엔 물결이 일지 않는가? 같은.

"정확히 물은 건가요?"

"예?"

몽인의 되물음에 젊은 남자는 당황했다.

"좋은 카메라를 쓰면 좋은 사진을 얻을 수 있는 건 너무 당연해서 말이죠. 좋은 전기밥솥으로 밥을 하면 좋은 밥을 얻을 수 있지요."

"아, 예." 젊은 남자는 고개를 끄덕이고는 다시 물었다. "좋은 사진을 얻으려면 좋은 카메라를 써야 하는 건가요?"

몽인의 얼굴에 미소가 어렸다. 그는 잠깐 동안이나마 봄을 잊었다. 봄을 잊은 채로 이 젊은 남자와 소주를 한 병쯤 마시고 싶어졌다. 조금 전 지나왔던 돼지갈비집이 생각났다.

"당신은 답을 알고 있어요. 그렇게 물을 수 있으면 당신이 가진 답이 정답입니다." 젊은 남자가 고개를 꾸벅 숙여 보였다. 짧은 순간 관두려는 마음이 일었지만 몽인은 덧붙였다. "가마솥에 한 밥이 언제나 맛있는 건 아니더라고요. 예술이 기술로부터 자유로울 수 없는 이유가 거기에 있을 겁니다."

몽인의 머릿속으로 다시 봄의 얼굴이 쑥 들어왔다. 처음으로 귀찮다는 생각이 들었다. 몽인은 그런 자신에게 놀라면서 스튜디오 '보라'를 빠져나왔다.

커피숍 여주인

커피숍은 사람들로 붐볐다. 여자는 2층의 창가 자리에 홀로 앉아 있었다. 횡단보도를 건너며 커피숍을 바라보았을 때 몽인은 여자를 쉽게 발견할 수가 있었다. 그러나 여전히 여자가 봄인지 아닌지를 분간할 수는 없었다. 봄을 무척 닮았지만 몽인이 2년 동안 깊이 알았던 봄과는 전혀 달랐다. 어쩌면 정말 그녀는 귀신일는지 모른다고, 몽인은 생각했다. 몽인은 조금 무서웠다.

몽인은 커피숍 주문대에서 에스프레소 더블샷이 든 잔을 들고 2층으로 올라갔다. 여자의 옆자리가 비어 있었지만 몽인은 그녀와 세 자리가 떨어진 구석 쪽 의자에 앉았다. 여자는 창문을 향해 앉아 있었으므로 몽인은 그녀의 뒷모습만 볼 수 있었다. 보면 볼수록 여자는 분명히 봄이었다. 그런데도 여전히 그녀를 지켜보고만 있는 자신의 태도가 몽인은 마음에 들지 않았다. 하지만 여자가 봄인지 아닌지를 확인하는 데 조급해하지 않는 자신이 오히려 대견하게 느껴지기도 했다.

몽인은 천천히 커피를 마셨다. 쓰디쓴 맛이 혀를 적셨다. 문득, 2년 전 가을이 생각났다. 봄을 처음 만난 날이었다.

몽인의 네 번째 개인전 사흘째 되는 날 늦은 오후였다.

전시회를 구경하러 오는 사람이 없어서 몽인은 갤러리와 서너 가게 정도 떨어져 있는 커피숍 '연목구어(緣木求魚)'에 가서 두 가지 일을 했다. 하나는 정신이 번쩍 나고 싶을 때면 마시는 에스프레소를 한 잔 마신 것이고, 다른 하나는 왜 커피숍 이름을 '나무 밑에서 물고기를 구하다'라는 것으로 짓게 되었는지 그 이유를 주인에게 물어본 것이었다. 예상대로 에스프레소를 마시고 나자 흐리멍덩하던 정신이 번쩍 들었지만 연목구어라는 이름을 붙이게 된 제대로 된 사연은 듣지 못했다. 정확히 말하면, 몽인이 만족할 만한 대답을 얻지 못한 것이다.

40대 중반의 커피숍 여주인은 연목구어를 '목마른 놈이 우물을 판다'는 뜻으로 잘못 이해하고 있었는데, 말하자면 '커피를 마시고 싶은 사람은 여기로 와서 마셔라'라는 얘기였다. 몽인은 에스프레소를 다 마실 때까지 자신의 생각을 커피숍 여주인에게 발설하지 않았다. 속내를 드러내지 않고 밖으로 나가게 될 거라는 몽인의 확신은 그러나 지켜지지 않았다. 출입문을 밀고 나오던 몽인의 뒤통수에다 대고 여주인이 커피숍 이름에 대해 어떻게 생각하느냐고 물었고, 몽인은 문을 반쯤 열어놓은 상태로 몸을 돌려서는 자신의 생각을 발설하고 만 것이다.

"나무 밑에 가서 물고기가 떨어지기를 기다리는 건 누가 봐도 어리석은 짓이죠." 여자는 어리둥절한 표정으로 몽인을 바라보았다. "그런데 누가 봐도 어리석은 짓을 아무렇지 않게 하는 사람이라면 둘 중의 하나일 겁니다. 하나는 아주 고집이 센 사람이겠죠. 어리석은 짓이라는 걸 알면서도 그렇게 하는 사람이면 그 고집을 누가 말리겠습니까. 다른 하나는 상상력이 아주 풍부한 사람일 겁니다. 당신은 고집이 아주 센 사람인가요, 아니면 상상력이 풍부한 사람인가요?"

몽인의 말이 이어지면서 점점 얼굴이 빨갛게 물들어가던 여주인은 몽인이 말을 끝내자 되물었다.

"고집이 센 사람과 상상력이 풍부한 사람 중에 사진가님께서는 누가 더 커피숍 주인에 어울린다고 생각하십니까?"

몽인은 자신이 어떻게 대답을 했는지는 기억에 남아 있지 않았다. 어쨌든, 그 일이 있은 뒤 몽인은 사진전이 열리는 일주일 동안 하루에 한두 번은 꼭 '연목구어'에 들렀다.

스물두 살의 봄

'연목구어'에서 연목구어의 의미에 대해 커피숍 여주인과 얘기를 나누었던 날, 전시장으로 돌아와보니 선배 사진가 K가 젊은 여자 하나와 사진 구경을 하고 있었다. 몽인을 본 K선배는 손만 까닥해 보이고는 전시된 사진들을 들여다볼 뿐이었고, 옆에 있던 여자가 몽인에게로 와서 인사를 했다.

"처음 뵙겠습니다, 유 선생님. 봄이라고 해요."

"봄, 여름, 가을, 겨울 할 때 봄 말인가요?"

"예. 이봄이에요."

"가을에도 이 봄?"

젊은 여자는 환하게 웃었지만 예쁘진 않았다. 하기야 스물두
살의 여자가 예쁠 수는 없는 일이었다. 시간이 깊게 스며들지
못한 것은 예쁠 수가 없었다. 게다가 비쩍 마르고 키가 큰 봄은
더 볼품이 없었다. 몽인은 봄에게 사진들을 둘러보고 소감을
얘기해달라고 말하고는 K선배에게로 갔다.

"이건 어디야?"

"하시르멜이라고, 알제리예요."

"유전인가?"

"천연가스."

"컬러로는 안 좋나?"

"채도를 줄이면……"

"아니 아니, 그냥 컬러. 하늘 색깔이 좋을 기 같은데. 불기둥
도 살고."

"너무 살아서……"

"그게 탈이야. 사는 건 살려야지. 죽이는 게 좋다고들 생각하는 거, 그거 버려야 돼."

너나 열심히 살려라, 개새끼야.

몽인은 입을 우물거리고는 그 말을 삼켜버렸다. K선배가 고개를 돌려 몽인을 물끄러미 보았다. 그의 눈빛이 왜 대답을 하지 않느냐고 묻고 있었다. 몽인은 여자에게로 힐끔 시선을 돌렸다.

봄은 어떤 사진 앞에서 꼼짝하질 않았다.

알제리의 수도 알제의 중심가에 있는 서점에서 찍은, 책이 잔뜩 꽂혀 있는 서가를 배경으로 중년의 한 남자가 알제리 출신의 프랑스 철학자 루이 알튀세르의 책을 펼쳐 읽고 있는 '40유로'라는 제목의 사진이었다. 앙각(仰角)으로 찍은 것이라 중년 남자가 들고 있는 책 표지의 알튀세르 얼굴이 비교적 선명하게 드러나 있었다. 하지만 사진을 보는 사람 중에 그것이 알튀세르라는 사실을 아는 사람은 거의 없을 거라는 게 몽인의 생각이었다. 그리고 그건 그다지 중요한 사실도 아니었다. 우연히 찍다 보니 알튀세르의 책일 뿐이었다. 재밌는 건 그 사진의 제목인 '40유로'에 대한 사람들의 반응이었다. 대부분의 사람들, 아니 그 사진을 본 모든 사람들은 한 사람의 예외도 없이 물었다.

"책값이 40유로나 되나요?"

사람들은 자신의 믿음에 대해 턱없는 확신을 가지고 있었다. 그것이 인간의 보편적 태도일 거라는 게 몽인에겐 우울하면서도 흥미로웠다. 그리고 사진을 찍은 곳이 알제리라는 사실을 알게 된 사람들은 또 한 사람의 예외도 없이, 알제리가 유럽연합에 속한 국가냐고 물었다. 그의 대답도 한결같았다.

"우리나라에서는 유로를 쓸 수 없나요?"

그들의 관심은 사진이 아니라는 게 몽인의 생각이었다. 몽인은 봄이라는 여자도 과연 '40유로'라는 제목에 똑같은 반응을 나타낼는지 궁금해하며 그녀에게로 다가갔다.

"마음에 들어요?"

"예?" 여자가 고개를 돌려 몽인과 눈을 마주쳤다.

"이 사진을 아주 골똘히 보고 있어서 말이죠."

"아, 예……." 봄은 엉거주춤한 자세로 사진 쪽으로 고개를 쑥 빼 들여다보면서 물었다. "이 남자는 전문 모델이에요?" 몽인은 의외의 질문에 봄의 눈을 응시하고만 있었다. "배우처럼 포즈를 취하고 있네요."

몽인의 한쪽 입꼬리가 소리 없이 올라갔다. 40유로에 대해 관심을 보이지 않는 유일한 관람객을 만난 회심의 미소였다.

"맞기도 하고 틀리기도 하죠."

"모델이기도 하고 모델이 아니기도 한 거란 얘긴가요?"

자신에게로 건너온 봄을 향해 몽인이 고개를 끄덕였다. 무슨 뜻이냐고 여자의 눈이 묻고 있었다. 몽인이 퀴즈를 내듯 물었다.

"제목이 무슨 의미인 거 같습니까?"

사진 밑에 붙어 있는 명함 크기의 조그마한 팻말을 확인하고 난 봄이 해맑게 웃으며 되물었다.

"이렇게 된 거 아닐까요?"

몽인의 흥미로운 눈빛이 봄에게로 건너갔고, 몹시 잘 써지는 볼펜이 종이 위를 매끄럽게 구르듯 봄의 목소리가 몽인에게로 건너왔다.

"선생님께서 서점에 들어가셨는데 이 사진 속의 남자가 책을 보고 있었죠. 마침 이 남자가 보고 있는 책이 선생님께서도 좋아하는 작가의 책이었을 거 같아요. 그 모습이 무척 좋아서 사진을 찍어도 되겠냐고 선생님께서 남자에게 물었죠. 그 남자는 좋다고 말했고, 선생님은 사진을 찍었어요. 그런데……." 거기서 봄은 잠깐 얘기를 멈추었다. 몽인에게 스물두 살의 여자가 예뻐 보이기 시작한 최초의 순간이었다. 몽인의 가슴이 주체하기 힘든 격렬한 감정으로 차올랐다. 그렇게 느닷없이 욕망이란 것이 생겨난 경험은 몽인의 기억에는 없었다. 몽인은 갑자기 눈이 뻑뻑해지는 느낌을 받으며 스물두 살의 여자를 응시했다. 여자가 입을 열었다. "사진을 찍고 나서 선생님은 남자에게 고맙다고 말했어요. 그러곤 수첩을 꺼내 남자에게 이메일 주소가 있으면 적어달라고 말했죠. 그런데 남자가 가볍게 고개를 흔들고는 이렇게 말했어요. 난 사진 같은 건 필요 없소. 모델료만 주면 되오. 40유로만 내시오."

　몽인은 자신의 오른쪽 손이 저절로 떠올라 여자의 뺨을 향해 올라가는 것을 가만히 지켜보았다. 여자의, 여름이나 가을이나 겨울이어도 언제나 봄인 스물두 살 처녀의, 뺨이 몽인의 뜨겁게 달아오른 손바닥에 자석처럼 달라붙고 있었다.

스물네 살의 봄

몽인은 얼마 남지 않은 에스프레소 잔을 들고 창가의 여자에게로 걸어갔다. 여자와의 거리가 가까워질수록 몽인은 그녀가 더욱 봄이라는 확신이 들었다. 그리고 마침내 몽인은 비어 있는 여자의 옆자리에 앉았고, 그녀의 얼굴을 확인할 수 있었다.

여자의 얼굴을 확인한 몽인은 아무 소리도 하지 못했다. 그녀는 몽인의 예상대로 봄이 맞았다. 그런데 봄은, 아니 여자는, 몽인을 보고서도 아무런 표정의 변화가 없었다. 변화가 있기는 했다. 하지만 그 변화는 갑작스런 낯선 남자의 출현에 대해 여자라면 누구나 나타내 보일 수 있는 일반적인 반응에 불과했다.

"절, 아세요?"

여자가, 아니 봄이 물었다. 연기를 하는 것 같았다. 몽인은 정말 영화를 촬영하고 있는지도 모른다는 엉뚱한 생각을 하며 주위를 둘러보았다. 봄에게로 다시 돌아온 몽인의 눈에 물기가 고여 있었다. 몽인은 소리라도 지르고 싶었지만 그럴 수가 없었다. 소리를 지르는 기능이 마비된 것 같았다. 터질 것 같은 가슴을 손바닥으로 누르며 몽인은 주머니에서 휴대폰을 꺼냈다. 그러고는 통화 창을 열어 봄의 번호를 눌렀다. 탁자 위에 놓인 봄의 작고 반들거리는 검정 가방 안에서 요란하게 벌 떼가 울었다. 봄이 가방을 열어 웅웅거리는 휴대폰을 꺼내 화면을 내려다보았다.

"뭐라고 돼 있어요?"

몽인은 저도 모르게 존댓말을 썼다. 그 사실조차 알아차리지 못한 것 같았다. 여자는 아무 대답도 하지 않았다. 휴대폰은 계속 벌 떼 소리를 냈다. 여자의 얼굴에 당황하는 빛이 어리기 시작했다. 몽인이 정지 버튼을 눌렀다.

"꿈꾸는 아저씨라고 되어 있지 않나요?"

여자의 눈이 몽인에게로 건너왔다. 좀 전의 당혹감은 보이질 않았다. 속이고 있구나, 하고 몽인은 생각했다. 날 괴롭히려고, 날 고통스럽게 만들려고 연기를 하고 있구나, 하고 몽인은 속으로 중얼거렸다.

"아저씨였군요!"

여자의 얼굴이 빨갛게 상기되어 있었다. 몽인은 아저씨라는 호칭에 맥이 풀리고 말았다. 연기가 아니었다. 그게 연기라면 봄은 영화배우로 대성할 것이라고 몽인은 생각했다. 봄이 자리에서 일어났다. 몽인도 자리에서 일어나면서 왜 그러냐고 물었다. 사람들의 시선이 하나둘 그들에게로 건너왔다. 여자는 꿈꾸는 아저씨라는 발신자로부터 오후 내내 전화가 걸려왔다고 말했다. 기억상실이란 단어가 몽인의 뇌리를 빠르게 스쳤다. 몽인은 웃음이 터지려는 걸 간신히 참으며, 설명하고 싶지 않은 말들을 줄줄 쏟아냈다.

"내가 모르는 사람이면 왜 네 휴대폰에 그런 발신자가 찍히겠니? 봄아, 자동차에라도 치였니? 계단을 내려오다가 구르기라도 한 거야?"

여자는 적잖은 충격을 받은 듯 빨갛던 얼굴빛이 노랗게 변해갔다. 화장기 없는 이마와 미간은 샛노랬다. 다리에 힘이 풀린 듯 봄이 의자에 풀썩 앉으며 떠듬떠듬 말을 흘려놓았다.

"제 이름도, 아시네요? 어떻게…… 절, 정말, 아세요?"

몽인의 입이 벌어졌다. 그 벌어진 입은 다물어지지 않았다. 몽인은 우두커니 선 채로 멍하니 봄의 얼굴을 내려다보았다. 그렇게 자신을 빤히 올려다보고 있는 봄의 새까만 눈동자를 바라보는 것 외엔 달리 할 수 있는 것이 없었다.

얼마나 오랜 시간이 흘러갔는지 알 수 없었다.

한 사람은 서고 한 사람은 앉은 모양 그대로 두 사람은 굳어버린 것 같았다. 그리 멀지 않은 곳에서 급하게 자동차 브레이크가 밟히는 소리가 들렸다. 사람들의 웅성거리는 소리가 들렸고, 하나둘씩 자리에서 일어나 창 쪽으로 다가갔다. 사람들 사이에서, 죽었나 봐, 어머, 하는 소리가 들려왔다.

몽인이 봄에게로 천천히 팔을 뻗으며 말했다.

"가자."

얻다

돼지고기 먹는 여자

대학로에서 택시를 타고 가회동으로 오는 동안은 물론이고, 큰길에서 택시를 내려 집으로 걸어 올라오는 동안에도 봄은 낯선 남자에 의해 끌려오는 여자가 보여줄 수 있는 어떤 저항도 하지 않았다. 그녀는 마치 정신이나 영혼을 송두리째 잃어버린 사람 같았다. 몽인은 더 이상 그녀의 상태에 대해 어떤 짐작이나 예상도 하지 않았다. 해봐야 소용도 없을 거라는 게 몽인의 생각이었다. 분명한 것은 둘 중의 하나일 터였다. 연기를 하고 있든가, 아니면 정말 기억을 잃었든가. 문득, 몽인의 뇌리를 어떤 생각이 스치고 지나갔다. 두 가지였다.

'나도 연기를 한번 해볼까?'와 '나도 기억을 잃어볼까?'였다.

몽인은 희미하게 웃으며 개가 몸에 묻은 물기를 털어내듯 고개를 흔들었다. 둘 모두 가능한 일이 아니었다. 몽인은 이런저런 궁리를 하는 대신 그때그때 생각나는 대로 행동하기로 마음을 먹었다. 그리고 되도록 평소처럼, 그러니까 골목에서 갑작스럽게 헤어지게 되기 이전과 다름없이 봄을 대하기로 했다.

"우리, 집에 가서 옷 갈아입고 나와서 동지에서 히레 소주 한 주전자만 할까?"

공방 골목을 벗어나며 불쑥 꺼낸 몽인의 제의에 봄이 보인 반응은 놀랍게도 예전과 다름없는 것이었다. "안주는 뭘로 해요?" 하고 물은 것이다. 다른 점이 있다면 존댓말을 쓴다는 사실뿐.

"그래, 뭘로 할까?"

예전의 봄이었다면 낙지볶음이나 명란계란탕이라고 대답할 것이었다.

"돼지고기숙주볶음이 괜찮을 거 같은데요."

몽인의 걸음이 장애물에 걸리기라도 한 듯 후다닥 소리를 내며 멈추었다. 그의 입이 주먹 하나는 들어갈 정도로 벌어져 있었다. 태어나 40년을 살면서 오늘처럼 입을 많이 벌리는 날은 없었을 거라고 몽인은 생각했다. 어지간한 일에는 놀라는 법이 없는 몽인은 채 열두 시간도 지나지 않아 40년 동안 놀랐던 것의 두 배는 될 정도로 놀라고 있었다. 조그만 일에도 놀라 입을 쩍 벌리는 게 원래 자신의 스타일이라도 되는 것처럼 몽인은 느껴졌다. 돼지고기숙주볶음은 몽인이 가장 좋아하는 술안주였다. 하지만 돼지고기를 싫어하는 봄을 배려해 봄과 함께 술을 마실 때는 한 번도 주문해본 적이 없었다.

"돼지고기 못 먹잖아."

"제가요?" 몽인이 고개를 끄덕였고, 봄이 의아한 눈길로 몽인을 보았다. "제가 돼지고기를 먹는지 못 먹는지 아저씨가 어떻게 아세요?" 아저씨라는 단어와 존댓말이 몽인의 가슴에 콱 소리를 내며 박혀들었다. 봄은 그것을 즐기기라도 하듯 맑은 얼굴로 몽인을 보았다.

"봄아." 몽인의 입이 조그맣게 열렸다 닫혔다. 봄이 이마로 흘러내린 머리칼을 쓸어 올렸다. 가로등 불빛에 이마가 하얗게 드러났다 사라졌다. 그 이마를 새삼스럽다는 듯 바라보며 몽인이 말을 이었다. "난 너에 대해 많은 걸 알고 있어. 난 너하고 2년을 함께 살았어. 한집에서. 한방에서."

"아저씬 지금 거짓말을 하고 있어요. 우선, 아저씨는 제가 돼지고기를 얼마나 좋아하는지를 알지 못하잖아요."

몽인은 반박할 수가 없었다. 지금의 봄이 예전의 봄과 다르다면 몽인이 알고 있는 봄은 예전의 봄일 뿐이었다. 따라서 지금의 봄을 몽인이 안다고 하는 건 잘못된 일이었다.

봄은 뚜벅뚜벅 앞서 걷기 시작했다. 그 걸음은 분명한 목적지를 향한, 아주 당차고 씩씩한 걸음이었다. 그것 역시 예전의 봄의 것이라고 하기에는 무리가 있었다. 예전의 봄은 느리고 더뎠다. 몽인은 그녀의 게으르고 굼뜬 걸음을 좋아했다. 그건 이혼한 아내 신혜의 언제나 바르고 분명한 걸음과는 전혀 다른 것이었다. 신혜의 걸음과 달라서 더 좋았다고 말할 수는 없었지만, 달라서 신선하게 느껴진 건 부인할 수 없었다. 그런데 지금의 봄은 헤어진 아내의 그것보다 더 몽인을 갑갑하게 만드는 걸음을 걷고 있었다. '따라와!'라고 명령하는 것 같은.

몽인은 두 손을 바지 주머니에 푹 찌른 채로 어깨를 구부정하게 하고는 봄의 뒤를 터덜터덜 따르기 시작했다.

걷는 사람

봄은 집으로 가는 길을 정확히 알고 있었다.

공방 골목을 빠져나와 오른쪽으로 꺾어 연꽃이 새겨져 있는 집까지 내려간 봄은 잠깐 걸음을 멈추었다. 그곳은 지난 오후 두 사람이 헤어진 장소였다. 몽인은 봄과 약간 떨어진 곳에 우두커니 선 채로 봄을 바라보았다. 봄은 처마와 창문 사이의 공간에 무척 단순한 모양의 기하학적인 문양이 새겨져 있는 기와

집을 깊은 감회에라도 젖은 듯 올려다보았다.

"아, 연꽃이다."

가회동으로 짐이 옮겨지고 두 사람이 함께 살게 된 지 한 달 쯤 지났을 때였다. 그들은 북촌 지도를 손에 들고 집을 나섰다. 제대로 동네 구경을 다녀본 것은 그때가 처음이었다.

마침 둘 모두 일이 없어 한가해진 몽인과 봄은 아점을 지어 먹고 따뜻한 가을 햇살을 받으며 골목 순례에 들어갔다. 풍문 여고와 잇닿아 있는 안동별궁 터에서 시작한 그들의 발길은 화 개길을 따라 계속 북쪽으로 올라갔다가 차도문화원 쪽으로 내 려와 그들이 살고 있는 31번지의 골목골목을 빠짐없이 헤매 다니다 돈미약국에서 큰길(가회길)을 건넜다. 그러고는 이번엔 11번지의 골목들을 행여나 하나라도 빠뜨릴까 신경을 써가며 열심히 발품을 팔았다. 일본인 관광객들이 많이 찾는다는 드라 마 촬영지를 거쳐 중앙고등학교 뒷문을 지나 폐허가 된 화가 고희동의 집터를 끼고 창덕궁 담벽을 따라 현대그룹 사옥까지 내려간 그들은 동네 슈퍼에서 이온음료를 하나씩 사서는 다시 걸음을 옮겼다. 현대식 다세대주택들이 들어차 있어 거의 옛 자취를 찾을 수 없는 계동 골목들을 돌고 돌아 젓대공방을 빠져나왔을 때는 길지 않은 가을 해가 북악산에 거뭇한 그림자를 드리우고 있었다. 다시 가회길을 건너 가회동성당 앞에 이르렀을 때 두 사람은 더 이상 한 걸음도 뗄 수 없을 정도로 지쳐 있었다. 눈앞이 어둑어둑할 정도로 날도 저물었다.

처음 그들이 길을 나설 때의 발길은 두려움과 설렘이 반반씩 섞인, 출가한 지 얼마 되지 않은 승려의 첫 만행(漫行)과 같았다. 하지만 성당 앞 돌계단에 쭈그리고 앉은 그들의 행색은 헤어진 가족을 찾아 헤매다 끝내 찾지 못한 이산가족에 버금갔다.

집으로 돌아오는 걸음은 무겁고 더뎠다. 하지만 맞잡은 두 사람의 손바닥은 따뜻했고, 해가 기울면서 파고들기 시작한 목덜미의 한기는 오히려 시원하게 느껴졌다. 그렇게 느린 걸음으로 공방 골목을 빠져나와 오른쪽으로 꺾어 내리막 골목을 따라 걸어 내려왔을 때였다. 석양이 물든 푸릇한 하늘을 날카로운 각을 세워 찌르고 있는 어느 집 기와의 처마에 눈이 닿은 봄이 걸음을 우뚝 멈춘 것이다.

"아, 연꽃이다……." 봄의 목소리가 여리게 떨리고 있었다. 몽인이 눈길을 들었다. 하지만 몽인의 눈에는 연꽃이 보이지 않았다.

"어디에 연꽃이 있다는 거니?"

"저기."

봄이 가리킨 곳에는 네다섯 개의 굵은 선이 아무렇게나 벽을 파고들어 있었다. 기하학적 문양에 가까운 그것을 봄은 연꽃으로 본 듯했다.

"저게 연꽃이야?"

"응."

"아닌…… 거 같은데."

"맞아요." 봄의 눈이 몽인에게로 건너왔다. 몽인이 고개를 끄덕였다. "아닌 거 같아요?"

"왜 갑자기 존댓말을 써? 말 놓기로 했잖아."

"저거, 연꽃 맞아요."

"그래, 그래, 맞아."

"아니라고 생각하고 있잖아요."

"봄아, 네가 내 생각을 어떻게 알아?"

"저거, 연꽃 맞아요."

"그래. 알았어. 내가 잘못했어. 그러니까 존댓말 쓰지 마."

봄의 눈에 물기가 고이고 있었다.

"선생님, 저건 연꽃이라고요. 선생님은 연꽃만 연꽃인 줄 알아요."

"너무 넘겨짚지 마라. 내가 아무리 사진가라도 실재만 실재라고 말하진 않아."

"선생님은 제가 누구인 거 같아요?"

몽인은 더 이상 대답할 수가 없었다. 대신 버럭 소리를 질렀다.

"내가 왜 니 선생이니?"

그러고는 몽인은 그때까지 촉촉이 땀이 배도록 잡고 있던 봄의 손을 뿌리치고는 성큼성큼 걸음을 떼어 집이 있는 쪽으로 골목을 꺾어 들어갔다.

주인들

방으로 들어와서도 봄은 전혀 놀라지 않았다. "이게 우리가 함께 자는 침실이야."라는 몽인의 말에 몽인의 얼굴을 잠깐 바라보았을 뿐, 봄은 별다른 반응을 보이지 않았다.

방에는 매트리스에 패드를 깐 침대와 침대맡에 놓인 자그마한 갓등 외엔 아무런 물건이 없었는데, 그런 침실은 그리 흔한 모양새가 아니었으므로 처음 보는 사람이라면 당연히 어떤 식으로든 반응을 보일 법했다. 너무 썰렁하지 않아요, 라든가 스님 방 같네요, 라든가 거치적거릴 게 없어서 잠이 잘 오겠네요, 라든가.

가회동에 남아 있는 옛 모습 그대로의 기와집 중 하나인 그들의 집에는 방이 모두 네 개다. 방들은 기역 자로 꺾인 채로 잇닿아 있는데 일자로 나란히 붙은 세 개의 방 앞에는 한 뼘이 될까 말까 한 툇마루가 마당 쪽으로 나 있다. 마당에서 볼 때 맨 왼쪽 방이 몽인이 일을 하거나 휴식을 취하는 서재, 그 옆이 침실, 침실 옆이 봄의 방이고 거기서 기역 자로 꺾이면 나오는, 방문 위에 '카메라 옵스큐라'라고 씌어진 명함 크기의 팻말이 붙어 있는 맨 오른쪽 방은 드물기는 하지만 몽인이 사진을 인화할 때 쓰는 암실이다.

침실에서 나온 봄은 나머지 세 개의 방도 하나씩, 마치 집을 구입하기 위해 구경을 온 사람처럼 찬찬히 둘러보았다. 몽인은 무슨 일이 있어도 이번에는 집을 꼭 팔아야 하는 절박한 사정을 가진 집주인처럼 그 뒤를 졸졸 따랐다. 얼마 있지 않으면 주인이 될 사람과 얼마 있지 않으면 주인 자리를 내놔야 할 사람이 만들어내는 것 같은 우스꽝스런 풍경은 한편으론 무척 진지해 보이기도 했다.

이토야마 아키코

"어?" 몽인의 입에서 헛바람 빠지는 소리가 새어 나왔다. 봄이 그녀의 방으로 들어가서 책꽂이 중간에 가로로 누워 있던 조그마한 책 하나를 똑바로 꽂는 것을 본 순간이었다. 봄이 몽인을 돌아보았다.

"왜요?"

"그거, 하얀색 표지였는데……." 봄의 고개가 흔들렸다. 몽인이 어색하게 웃으며 말을 이었다. "표지를 초록색으로 바꿔서 새로 나왔나 보네?"

봄이 얼른 자신이 똑바로 꽂은 책을 집어 뒤춤으로 감추었다. 다시 봄의 고개가 흔들렸다. 봄의 눈에 장난기가, 아니 들쥐를 노리는 매의 눈빛과도 같은 날카로움이 깃들어 있었다.

"아뇨, 이건 원래부터 초록색 표지였어요."

몽인의 고개가 열한시 방향으로 꼬였다. "아닌데…… 분명히
하얀색이었는데……." 몽인의 입에서 들릴 듯 말 듯한 소리가
삐져나왔다.

"맞혀보세요. 아저씨가 맞히면 일단 아저씰 믿기로 하죠."

"뭘?"

"제 뒤에 있는 책요."

"그 책이 뭐냐고?"

"그래요. 작가와 제목을 대보세요."

몽인은 진지한 표정으로 침을 삼켰다. 몽인에게 그런 표정은
자주 지어지는 것이 아니었다. 특히 봄에게는 더 그랬다. 봄과
함께 있을 때 그의 표정은 언제나 풀어져 있었다. 언젠가 봄은
그런 몽인에게 '나른한 오후'라는 별명을 지어준 적이 있었다.
그런데 그에게서 나른한 오후 같은 표정은 더 이상 찾아볼 수
없었다. 봄을 향한 그의 눈빛은 당혹스러움이 잔뜩 깃든, 혹은
잔뜩 긴장한 것이었다.

"그 책에 대해선 잘 알고 있지. 네가 그걸 읽고 있던 때의 모
습까지 생생한걸."

"그럼 이게 누구의 무슨 책인지 잘 알겠네요?"

"그럼."

"말씀해보세요."

몽인은 다시 침을 삼켰다. 당혹스럽거나 긴장한 그의 눈빛이 봄의 얼굴에서 책꽂이로, 책꽂이에서 천장 한구석으로 빠르게 옮겨 갔다.

"이토야마 아키코(絲山秋子), 막다른 골목의 남자, 아니, 막다른 골목에 사는 남자."

장난기 가득한, 혹은 먹이를 노리는 매의 그것과 같은 봄의 눈이 몽인의 얼굴에 붙박여 있었다. 봄은 눈도 깜빡이지 않은 채로 꽤 오랜 시간을 아무 소리도 하지 않았다. 그녀의 눈이 깜빡거린 것과 그녀의 분홍빛 입술이 움직인 건 거의 동시였다.

"맞아요." 봄은 책을 여전히 뒤춤에 감춘 채로 말했다. "남자가 왜 막다른 골목에 사는 거죠?"

예상하지 못한 질문이라는 듯 몽인의 얼굴엔 금세 낭패감이 깃들었다.

"그건 모르지."

"왜요?"

"읽지 않았……으니까. 아, 물론, 책을 빌려 가긴 했었지. 하지만 소설을 읽으려는 생각은 아니었어. 하얀색 표지가 예뻐서……."

"그럼 다른 문제를 내보죠."

"문제?"

"예."

"허 참, 왜 내가…… 아니, 봄이 왜 나한테 문제를 내야 하지?"

"아까 말씀드렸잖아요. 맞히면 아저씨를 믿을 거라고요."

"그러니까, 그러니까 말이야. 내가 왜 봄이한테 믿지 못하는 사람이 되었냐는 거지. 우린 2년을 함께 살았어. 이 집에서. 그리고 저기, 저 방에서 함께 잠을 잤어. 믿지 못한다면 나가면 되잖아. 문제를 낼 필요는 없다고 생각해."

몽인은 너무도 침착하게 말을 해서 그의 말은 글자 하나하나를 뜯어 읽는 초등학생이 국어책을 읽는 것같이 들렸다. 봄의 눈이 반짝였다.

"그래요. 그럼 나갈게요."

"아, 아니, 그런 게 아니라." 몽인이 두 팔을 뻗었다. "문제를 내. 그래, 문제를 내라고."

봄이 피식 웃다 말고 이내 딱딱하게 얼굴을 굳혔다. 앞으로 건너왔던 책을 다시 뒤로 돌리며 봄이 몽인의 얼굴을 정면으로 보았다.

"남자가 왜 막다른 골목에 사는 거죠?"

"몰라. 기억이 안 나. 아니, 읽지 않았으니 모르지." 몽인의 고개가 오른쪽에서 왼쪽으로 두 번 흔들렸다.

"막다른 골목에 사는 남자를 사랑하는 여자가 있었어요. 짝사랑이었죠. 고등학교 다닐 때부터 무려 12년 동안. 그 바보 같은 여자의 이름이 뭐죠?"

"모……, 아니, 알 것 같아. 기억이 날 것 같아."

"그녀의 이름을 맞히면 아저씨를 믿어줄게요."

"그러니까, 이토야마 아키코가 작가 이름이고……"

몽인은 눈살을 가늘게 만들고는 기억을 떠올리려고 애를 썼다. 그 모양은 지난 40년 동안 몽인이 보여준 모든 진지함을 다 보탠 것보다 더 큰 진지함을 담고 있었다. 어쩌면 세상을 살면서 지금껏 단 한 번도 진지해본 적이 없었는지도 모른다. 아슴푸레한 기억의 끈을 잡으려고 애쓰면서 몽인은 그런 생각을 하고 있었다. 언제 나는 진지했던가. 그 생각이 막다른 골목에 사는 남자를 12년 동안 짝사랑한 여자의 이름을 기억하려는 그를 방해했다. 그는 생각을 떨쳐내려는 듯 체머리를 흔들었다.

몽인이 눈을 번쩍 떴다.

"힌트를 줘."

봄은 터지려는 웃음을 참으려고 이를 꽉 깨물었다. 하지만 그녀의 표정은 여전히 매처럼 냉담했다.

오타니 히나코

일본 작가 이토야마 아키코의 소설집 『막다른 골목에 사는 남자』에는 막다른 골목에 사는 오다기리 다카시라는 남자를 고등학교 때부터 12년 동안 짝사랑한 오타니 히나코라는 여자가 나온다. 둘은 모두 결혼을 하지 않은 채 만나고, 헤어지고, 얘기를 나누고, 소식이 끊기고, 시큰둥해하고, 안타까워하고, 서로의 마음을 몰라 하고, 서로의 마음을 이해하며 12년이란 긴 세월을 산다. 봄은 그 소설에 나오는 두 사람을 세상에서 가장 바보 같은 남자와 여자라고 생각했다. 그리고 세상에는 그

두 사람과 같은 바보가 의외로 적지 않을 거라고 생각하고 있었다.

"모르겠어."

몽인은 오타니 히나코라는 이름을 기억해내지 못했다. 물론 그 이름을 기억했다면 거의 기적이라고 해야 옳을 것이다. 왜냐하면 몽인은 그 소설을 읽지 않았기 때문이다. 그러면서도 몽인이 소설 속 주인공의 이름을 기억해내려 했던 것은 언젠가 책을 뒤적이다 그녀의 이름을 본 것 같다는 생각이 들었기 때문이었다.

마침내 소설 속 여주인공의 이름을 기억해내는 게 불가능한 일이란 걸 알게 된 몽인이 항복을 선언하는 군인이라도 된 양 두 팔을 치켜들며 고개를 떨어뜨리자 봄의 얼굴에 한 줄기 겨울의 차가운 바람이 불며 지나갔다. 냉랭해진 봄의 표정은 금세 몽인의 얼굴로 옮겨져 왔다. 불안과 긴장이 서린 몽인의 얼굴은 창백했다. 거뭇한 수염 자국이 반나절 사이에 하얗게 바랜 것 같았다.

봄이 차분하게 입을 열었다. 그녀의 입에서 흘러나온 목소리는 차분했지만 그 안에는 어딘지 모르게 슬픈 기운이 들어 있었다. 조금만 슬픔이 더 깊어졌다면 봄의 목소리가 그렇게 차분하지는 못했을 것이다. 봄은 슬픔을 느끼는 자신의 감정이 더 깊어지지 않기를 바라고 있었다. 그녀는 지금 자신의 입에서 흘러나오고 있는 목소리의 차분함을, 얘기를 끝낼 때까지 유지하고 싶었다.

"오타니 히나코는 막다른 골목에 사는 남자 오다기리 다카시를 12년 동안이나 사랑했어요. 그녀는 바보처럼 자신에겐 무관심한 남자를 사랑했어요. 오타니 히나코는 남들처럼 취직도 하지 못하고 재즈바에서 아르바이트를 하거나 잘 쓰지도 못하는 소설을 쓰겠다고 하는 남자를 12년 동안이나 사랑했어요. 다른 남자와 자면서도, 키스 한 번 한 적이 없는 남자를 사랑했어요. 자, 문제를 드릴게요. 마지막 문제예요."

몽인의 입이 벌어졌다. "또 문제야……." 하는 소리가 그의 입에서 흘러나왔지만 봄의 귀에까지는 닿지 못했다.

말을 잊은 사람

"오타니 히나코는 자신이 짝사랑하는 막다른 골목에 사는 남자와 결국은 이루어지지 못할 거라는 확신을 갖게 돼요. 그 무렵 남자는 자신의 임종을 누가 봐줄까라는 말을 그녀에게 불쑥하게 되는데, 여자는 당연하다는 듯 자기가 봐줄 거라고 말하죠. 그러면서 히나코는 남자에게는 들리지 않는 혼잣말로 중얼거려요. 그녀가 뭐라고 중얼거렸죠?"

봄의 말이 끝나자마자 몽인이 한쪽 입꼬리를 올리며 웃었다. 그는 봄이 던진 질문에 답할 수 없다는 걸 잘 알고 있었다. "그래, 오타니 히나코가 중얼거렸지." 몽인은 봄의 책상 앞으로 걸어가 발이 다섯 개 달린 의자에 걸터앉았다. 그러곤 한 바퀴 빙글 돌았다. 의자 위의 몽인이 팽이처럼 제자리를 돌았다. 돌고 나서 말했다. "오타니 히나코는 이렇게 중얼거렸어. 음……그래, 기꺼이 임종을 지켜주지. 내가 얼마나 사랑하고 있는지도 모르는 남자의 마지막 모습을 지켜보는 건 확실히 흥미로운……"

"지어내지 마세요, 아저씨." 봄이 차갑게 내뱉었다.

몽인이 서양 사람처럼 어깨를 으쓱해 보였다. 그의 얼굴은 꽤 많이 환해져 있었다. 몽인은 생각했다. 벼랑에서 미끄러져 떨어지는 사람은 지푸라기라도 잡으려고 애쓴다. 하지만 속절

없이 벼랑에서 떨어지다가 뭔가 잡을 걸 발견하고 그걸 잡았다고 하자. 과연 그는 그걸 얼마나 오래 붙들 수 있을까. 오 분? 십 분? 한 시간? 아무도 구하러 오지 않는다면 결국 그게 칡뿌리가 되었든 소나무가 되었든 놓지 않을 수가 없다. 영원히 매달려 있을 수는 없는 법이다. 칡뿌리를 붙든 채로 바들바들 떨고 있는 그 시간만큼 생명이 연장될 뿐, 아무것도 변하는 것은 없다. 차라리 칡뿌리를 놓아버린 몽인의 마음은 평온을 찾은 상태였다.

"지어내지 말라고? 왜? 어차피 작가도 지어낸 거 아닌가?"

몽인의 거침없는 되물음에 봄의 얼굴 위로 아주 잠깐 당혹감 비슷한 게 스치고 지나갔다.

"제가 듣고 싶은 건 아저씨가 지어낸 게 아니라 오타니 히나코가 실제로 한 말이에요. 이토야마 아키코가 쓴 『막다른 골목에 사는 남자』의 여주인공의 독백을요."

"실제로 한 말?"

몽인의 비꼬는 듯한 말투가 던져진 순간 봄의 온몸에 소름이 돋았다. 물론 몽인은 그것을 볼 수 없었다.

"오타니 히나코는 이토야마 아키코가 지어낸 인물이야. 그러니 실제로란 건 있을 수가 없어. 그러나 어쨌든!" 몽인은 자신감이 잔뜩 밴 목소리로 말을 이었다. "어쨌든 좋아. 하지만 넌 지금 네가 얼마나 불가능한 일을 강요하고 있는지 알 필요가 있어. 네가 나한테 이러는 건 내가 그 책에 대해 모른다는 걸 확인시키려는 것일 뿐이야. 인정해. 난 네가 뒤춤에 감춘 책이 이토야마 아키코의 소설책이라는 것만 알고 있어. 남자 주인공의 이름도, 두 사람이 만나던 재즈바의 이름도, 여자 주인공의 이름도 알지 못해. 그러니 그녀가 뭐라고 중얼거렸는지를 어떻게 알겠어? 읽지 않았으니까 당연한 일이지. 하지만 설사 읽었다고 해도 난 그걸 기억하지 못할 수도 있어. 그런데 넌 계속 나한테 문제를 내. 내가 기억하지 못하거나 알지 못하는 것에 대해서 말이야. 그래, 난 기억하지 못하거나 알지 못하기 때문에 네가 내는 문제를 알아맞힐 수가 없어. 명백해. 그런데 그래서 어쩌겠다는 거지? 내가 맞힐 수 없는 문제가 백 가지라면 뭐가 달라지니? 천 가지라면 어떻게 되는데? 만 가지라면 이 지구가 폭발해버리기라도 하니?"

지구가 폭발해버린다는 건 그다지 의미가 없다는 생각이 들었지만 한꺼번에 우르르 말을 쏟아놓고 나자 몽인은 속이 후

런했다. 당장의 심정이라면 설사 봄이 이 집을 영원히 떠나버리려도 아무렇지 않을 것 같았다. 하지만 채 이 초도 지나기 전에 몽인의 가슴을 두려움이 점령해버렸다. 떠나다니, 말도 되지 않을 소리였다. 봄이 떠나버린다니, 그건 있을 수 없는 일이었다. 일어나서는 안 되는 일이었다.

몽인의 눈에 꽉 들어찼던 자신감은 순식간에 비어버리고 대신 거기엔 세상에서 가장 극악한 공포가 들어찼다. 그의 눈이 안개가 낀 듯 뿌옇게 흐려졌다. 뜨거운 숨길이 몽인의 이마에 닿았다. 봄이 내뿜은 긴 한숨이 그의 이마에 닿은 것이다.

"아저씨는 사진을 찍을 게 아니라 소설을 쓰셔야 했네요."

몽인은 아무 소리도 하지 못했다. 눈물이 볼을 타고 흘러내렸다. 뭐라고 규정할 수 없는 감정이 몽인의 가슴을 짓눌렀다. 그것은 일단 슬픔이기는 했다. 하지만 그것은 슬픔만이 아니었다. 회한이나 참담함, 회복할 길 없이 무너져버린 자존심 따위가 비참하게 뒹굴고 있었다.

"저는 당신이 남긴 뼈 중에서 작은 조각 하나를 슬쩍할 생각이에요. 반은 막자사발에 갈아 카페오레에 넣어 마실 거예요. 그러면 제 뼈가 될 테죠. 나머지 반은 주머니 속에, 작은 주머니 속에 넣고 다니면서, 불안할 때나 힘들 때마다 만질 거예요."

봄의 목소리는 서늘한 봄밤의 한기를 멀찌감치 밀어냈다. 하지만 한기가 밀려 나간 공간은 더욱 차가운 공기로 채워졌다. 몽인의 몸이 떨리기 시작했다. 깊은 오한이 그를 떨게 했다. 두 사람 사이에 두텁고 긴 커튼처럼 침묵이 내려 있었다. 침묵의 커튼은 영원히 걷어지지 않을 것 같았다. 발이 다섯 개가 달린 의자에 걸터앉은 몽인은 고개를 숙였고, 책을 쥔 채 방 한가운데 버티고 선 봄은 꼼짝하지 않고 몽인을 내려다볼 뿐이었다.

돼지

몽인은 유난히 넓게 느껴지는 침대 한편에 모로 누운 채로 새우처럼 몸을 구부리고 있었다. 봄은 동침을 거부했다.

"아저씨와 함께 잠을 잔다는 건 돼지와 동침하는 거나 마찬가지예요."

차가운 콧김이 몽인의 콧구멍으로 빠져나왔다. 물끄러미 봄의 얼굴을 바라보는 몽인의 눈에는 기운이라곤 없었다. 몽인의 입술이 저절로 열리더니, 그 입술로부터 그가 살면서 누군가를 지칭하는 것으로 단 한 번도 써본 적이 없던 이름이 불려졌다.

"돼지……."

초등학교, 중학교, 고등학교, 혹은 대학교를 다니는 동안 꽤 많은 친구들의 별명이 돼지였다. 하지만 몽인은 그들을 그렇게 불러본 적이 없었다. 모멸스런 별명을 부르는 게 싫어서도 그랬지만, 애초에 별명 따위에 관심이 없었다. 어떤 때는 사람들이 왜 이름을 놔두고 별명 따위를 지어 부르는지를 이해하지 못했다. 그런데 이제 자신이 그 이해할 수 없는 처지에 빠져들어 있었다. 그것도 여느 사람이 아니라 사랑하는 사람으로부터.

"돼지……."

너무 지독한 말이라는 생각이 들었지만, 그리고 봄이 어떻게 그런 말을 할 수 있는지 화가 치밀었지만, 어쩔 도리가 없었다. 지금으로서는 돼지가 아니라 쥐, 살쾡이, 악어, 독사라 해도 대꾸할 말이 없었다. 여전히 이유를 알 길은 없었지만 봄의 입에서 비어져 나오는 어떤 말도 받아들여야 할 것 같았다.

몽인은 웅크린 자신의 몸이 점점 작아지는 것 같았다. 자신의 몸이 작아지기 시작한 것은 열두 시간 전부터였다고 몽인은 생각했다. 눈 깜짝할 사이에 사라져버린 봄을 찾기 위해 사방을 두리번거리던 순간부터 자신은 물을 받지 못한 식물처럼 마르기 시작했다. 봄을 찾기만 한다면 그녀로부터 달디단 물의 세례를 받을 것이기에 지금의 목마름은 충분히 참을 수 있다고 생각했었다. 그러나 찾고 보니 예상과는 달랐다. 자신의 눈앞에 모습을 드러낸 봄은 자신이 알고 있던 봄이 아니었다. 그녀는 물뿌리개에 담겨 있던 물을 자신이 보는 앞에서 버려버렸다. 그러고는 오히려 뜨거운 열풍을 뿜었다. 목줄기의 세포들은 비명을 지르지도 못한 채 타들어갔다. 온몸의 세포들이 오그라들고 있었다. 그리고 마침내 돼지가 되었다.

'어떻게 된 것일까?'

몽인은 창문에 번진 희미한 빛의 윤곽을 바라보며 이유를 찾으려 애썼지만 불가능했다. 사람이 고작 열두 시간 만에 완전히 딴사람으로 변할 수 있다는 사실이 놀라울 따름이었다. 자신이 찾으려 했던 것이 이것이었을 리는 없었다. 하지만 이게 아니라면 다른 곳에 있단 말인가. 그럴 수는 없는 일이었다. 그렇다면 자신이 찾으려 했던 것 자체가 이미 이 세상에 없었다는 사실을 몽인은 시인하지 않을 수 없었다.

몽인은 손을 뻗어 머리맡에 둔 휴대폰을 집어 들었다. 그러곤 통화 창을 열었다. '신혜'라고 씌어진 이름을 한참이나 들여다보았다.

기르다

머리 좋은 사람들

몽인은 침대에서 일어나 블라인드를 내려 창을 가렸다. 블라인드로 가려진 만큼 어둠이 더해졌고, 그 더해진 만큼 미닫이문이 환해졌다. 좁은 마루 건너편 봄의 방으로부터 비쳐 나온 불빛 때문이었다.

침대로 도로 기어 들어간 몽인은 벽을 향해 누웠다. 방문만큼은 아니었지만 벽도 불빛이 어려 벽지의 무늬를 확인할 수 있을 만큼은 밝았다. 몽인은 지그시 눈을 감았다. 그러곤 한참 후에 눈을 떴다. 다시 감았다. 다시 떴다. 눈을 감았다 떴다를 반복하는 사이에 졸음이 몰려왔다. 멀리서 헬리콥터의 날개가 파닥거리는 소리가 들려왔다. 봄이 키보드를 두들기는 소리일 것이다.

몽인은 머리맡의 휴대폰을 끌어다 전원을 켜고 시간을 확인했다. 일 분 전에 자정이 지나 있었다. 자정, 일 분, 자정, 일 분……. 몽인은 그 두 개의 단어를 계속 반복했다. 몰려와 있던 졸음이 서서히 달아나기 시작했다. 통화 목록에 담긴 이름 하나를 눌렀다.

단조로운 신호음이 귓속을 울렸다. 뚜우……뚜우……뚜

우······. 눈을 감았다. 목재를 파고 들어가는 스크루드라이버의 날카로운 끝이 보였다. 툭, 소리와 함께 드라이버의 끝이 목재 밖으로 삐져나왔다. 여자의 목소리였는데, 아내는 아니었다.

"박신혜 씨, 핸드폰 아닌가요?"

"아, 예······ 맞아요. 꿈 님."

몽인은 아무 소리도 못 했다. 여자의 웃음소리가 우렁우렁한 반주음에 묻혔다가 드러났다 했다. 위스키를 한 병은 마신 듯 한껏 풀어진 여자의 목소리가 이어졌다.

"핸드폰 창에 꿈이라고 떠서 그렇게 불렀어요. 박신혜 선생님은, 지금 열창 중이세요."

"예······ 알겠습니다. 그럼 끊겠습니다."

"그래요, 좋은 꿈, 꾸세요, 호호호."

"아, 잠깐만."

"예?"

"근데, 지금 전화받으시는 분은 누구신지?"

"아, 저요? 이름은 김선영. 개인적으론 박 선생님 대학 후배고요, 그리고, 당연히, 멘돌녀 회원이고요. 멘돌녀는 아시죠?"

"아는데요······ 왜 남의 전화를 마음대로 받으시는 거죠?"

"남의……? 이봐요, 꿈 님. 제가 남인지 아닌지, 꿈 님이 어떻게 아세요? 박 선생님과 사랑하……"

거기서 김선영이란 여자의 목소리가 끊어졌다. 휴대폰이 바닥에 떨어지는 듯한 둔탁한 소리가 울리더니 더 이상 아무 소리도 들리지 않았다.

휴대폰을 쥔 채로 몽인은 불빛이 어른거리는 벽을 뚫어지게 노려보았다. 김선영이라는 여자의 얼굴을 그려보려고 애썼다. 여자의 얼굴 몇 개가 스크린처럼 벽을 타고 흘러가다가 멈추었다. 알 것 같았다. 하관이 빠르고 입술이 도톰하던, 꽤 미인인 여자였다. 춘천에 살 때, 집에 놀러 온 적이 있는 서너 명의 멘돌녀들 중의 하나였다. 아내보다 대여섯 살 아래였지만 두 사람은 서로 말을 놓았다. 김선영은 아내를 언니라고 불렀고, 아내는 그녀를 꼭 김 선생이라고 불렀다. 몽인은 멘돌녀에 대해 그녀와 나눈 대화를 기억할 수 있었다.

"멘돌녀에 가입할 수 있는 기준이 뭔지 아세요?"

"글쎄요. 녀니까, 여자여야 할 거고, 멘은 멘사일 것 같고, 근데 멘사 회원이 꼭 수학 선생일 필요는 없으니까 수학 선생이 기준인 것 같지는 않고…… 글쎄요, 미인이라야 하는 기준은

엄격한 것 같은데요?"

"호호호. 유 선생님도 농담을 다 하시네요."

"다른 기준이 있습니까?"

"그럼요. 멘돌녀, 멘사 회원만 보면 돌아버리는 여자. 그러니까 여자여야 하는 건 당연하겠죠. 나머지 중요한 기준은 바로, 멘사 시험에서 낙방할 것! 호호호. 그리고 이건 기준은 아닌데, 묘하게도 우리 멘돌녀들의 공통점인 건 분명해요. 그게 뭔지 아세요?"

"글쎄요…… 미인이라는 것밖에는……."

"멘돌녀 다섯 명이 모두 수학 교사라는 거. 수학을 가르치지만 멘사 회원은 못 된다는 거. 푸하하!"

거친 남자처럼 웃는 그녀들과 아내는 자주 어울렸다. 술을 마시고 꽤 늦은 시간에 귀가할 때면 대부분은 멘돌녀들과 모임을 가진 뒤였다. 아내가 멘사 회원이 아니란 사실을 김선영의 대화를 통해 알게 된 몽인은 그 사실이 그다지 믿어지지 않았다. 아내는 명석한 두뇌의 소유자였다. 수첩을 보지 않고도 전화번호를 기억하는 따위는 예삿일이었다. 몇 번 퀴즈 프로그램을 같이 본 적이 있는데 맨 마지막에 주어지는 고난도의 문제도 틀리는 걸 보지 못했다. 자신이 한 일이나 말은 물론이고 남이 한 일이나 말까지 모두 기억하는 그녀였다. 그런 그녀가 '멘사 회원만 보면 돌아버리는 여자'라는 것은 믿을 수 없는 사실이었다. 몽인이 김선영을 신뢰하지 않는 것은 오직 그 때문이었다.

수학 선생님

손아귀 안의 휴대폰이 몸서리를 쳤다. 창에 '신혜'라는 이름이 떠 있었다. 몽인은 손을 타고 흘러 들어와 온몸으로 퍼지는 진동을 몇 번 더 느낀 뒤 통화 버튼을 밀었다.

"전화 기다릴 거 같아서 했어?"

"응."

"노래방이야?"

"응."

"즐거워?"

"응."

몽인은 숨이 막힐 것 같았다. 노래방에서 지인들과 시간을 보내고 있는 전처에게 전화를 걸어 즐겁냐고 묻는 자신이 우습기도 하고 짜증이 나기도 했다. 하지만 그건 지극히 그다운 태도라는 걸 몽인은 잘 알고 있었다. 아무 일 없을 땐 전처에게 전화를 건 적이 없었다.

"김선영이란 여자, 이미 알고는 있었지만 정말 막돼먹었어."

"그 말, 직접 하지 그랬어."

"어떻게 사람한테다 대고 그런 얘기를 해?"

"그럼 나한테도 하지 마."

또 당했구나, 하고 몽인은 입속말을 씹었다.

"찾았어."

"봄이?"

"응. 봄이를 찾았어."

"가진 않았구나."

"근데, 간 거나 마찬가진 거 같아."

"무슨 뜻이야?"

"예전의 봄이 아니야."

아내는 대답이 없었다. 아내의 대화법은 명쾌했다. 췌사를 쓰지 않듯이 자신이 필요하지 않다고 생각하면 입을 다물었다.

묘한 일이긴 했지만 그 침묵이 상대를 무시하거나 대화를 피하려는 것으로 느껴지지는 않았다. 오히려 상대로 하여금 방금 자신이 던져놓은 말을 되돌아보게 했고, 얼마큼은 반성하게 만들었다. 몽인에게 그녀는 침착하고 친절하고 따뜻한 사람이었다. 진지하기도 했고, 그녀만의 독특한 유머도 갖고 있었다. 언젠가 피타고라스에 대해 그녀로부터 설명을 들은 적이 있었는데, 몽인은 그때 그녀가 지닌 장점을 한꺼번에 경험한 바 있었다.

학창 시절 수학 과목 점수가 시원치 않았던 건 아니지만 몽인이 갖고 있는 수학적 지식은 거의 천박한 수준이었다. 그건 수학 문제를 잘 푸느냐 마느냐와는 아무 상관 없는 일이었다. 말하자면 수학적 원리에 대한 이해가 전혀 되어 있지 않다는 뜻이었다. 원리에 관한 학습을 받아본 적이 한 번도 없었기 때문이라고 치부해버리면 그만이었지만 그게 위안이 될 일은 아니었다.

어느 날, 몽인은 우연히 피타고라스의 정리에 대해 그녀에게 물었다. 하나의 각이 90도인 삼각형(직각삼각형)의 가장 긴 변

(빗변)을 제곱한 값이 나머지 두 변(밑변과 높이)을 각각 제곱하여 더한 값과 같다는, 중학교 3학년생쯤이면 다 아는 그 정리에 대해 물은 것이다.

"보통 사람들은 물을 거야. 피타고라스의 정리가 왜 필요하냐고 말이야. 나 역시 그렇게 생각해."

몽인으로부터 질문을 받은 춘천의 명문 여고 수학 교사 박신혜 선생은 보기 드물게 활짝 웃었다. 그러고는 예의 명쾌한 답변을 몽인 앞에 내놓았다.

"그러니까 묻지를 말아야 해."

"피타고라스의 정리가 왜 필요하냐고 묻지를 마라? 그런데 왜 그걸 배워야 하는 거지?"

"그러니까 묻지 말아야 한다고 말하는 거야."

"궁금한데 어떻게 안 물을 수 있지?"

그녀는 잠깐 생각에 잠겼다가 대답했다.

"피타고라스가 만물의 근원은 수라고 말한 철학자였다는 건 알고 있지?"

"응."

"만물의 근원이 수라고 할 때의 수는 분명하고 확실한 수를 의미해. 그게 뭔지 알아?"

"자연수? 아니면 정수?"

"그런 것도 알아?"

"너무 무시하는데."

"그래, 맞아. 확실한 수는 이해 가능한 수를 말하지. 몽인 씨가 말한 대로 자연수, 정수 같은 거. 거기에 분수를 덧붙일 수가 있어. 그럼 뭐가 되지?"

"음…… 그게 뭐더라, 유리수?"

"당신 학교 다닐 때 수학 공부를 잘했나 봐? 맞았어, 유리수. 달리 말하면 분수로 나타낼 수 있는 수라고 할 수 있지. 피타고라스와 그의 철학을 추종하던 사람들은 수라는 건 모두 유리수라는 확신을 가지고 있었어. 어떤 사람이 분수로 나타낼 수 없는 수를 발견하자 그를 지중해에 빠뜨려 죽여버렸을 정도로."

"끔찍하군. 근데 뭔가 음해의 냄새가 난다."

잠깐 말을 끊고 몽인의 눈을 가만히 들여다본 뒤에 박신혜 선생이 입을 열었다.

"그런데 결과적으로 분수로 나타낼 수 없는 수, 즉 무리수가 존재한다는 걸 증명한 사람이 바로 피타고라스였지."

"아, 피타고라스 정리 때문이었구나."

"그렇지."

몽인의 아내는 종이 위에다 밑변과 높이의 길이가 각각 1인 직각삼각형을 그리고는 빗변 위에다 물음표를 그렸다. 그러고는 답이 뭐냐는 듯 몽인을 보며 눈으로 물었다. 몽인이 양쪽 입꼬리를 귀 쪽으로 찢고는 말했다.

"루트 2!"

몽인이 신이 나서 아내가 그려놓은 삼각형 그림 아래에다 수식을 쓱쓱 써나갔다.

$$x^2 = 1^2 + 1^2$$
$$x^2 = 2$$
$$x = \sqrt{2}$$

"지중해에 수장시킨 사람은 그럼 어떻게 되는 거야?"

볼펜을 종이 위에다 내려놓으며 몽인이 환하게 웃었다.

몽인은 휴대폰을 귀에 댄 채로 반듯하게 누웠다. 침을 한번 꿀꺽 삼키고는 말했다.

"다른 사람 같아. 이렇게 말해도 될지 모르겠지만…… 내가 아는 봄이 아니야."

내내 망설이다 뱉은 말이었다. 어쩌면 이 말을 하기 위해 밤이 늦었음에도 불구하고 신혜에게 전화를 걸었는지도 모른다. 몽인의 아내는 아무 말도 하지 않았다. 어차피 몽인이 시작한 이야기라면 몽인이 끝내야 할 것이라고, 그녀의 침묵이 말하고 있었다.

몽인은 침을 깊게 삼키고는 입을 열었다.

"마치 당신을 보는 것 같아."

가볍게 숨을 내쉬는 소리가 몽인의 귓속으로 밀려왔다. 귓속이 서늘해졌다. 그 서늘함은 이내 온몸으로 번졌다. 이윽고 신혜의 목소리가 몽인의 고막에 닿았다.

"당신은 좋은 사람이 아니야. 그러니까 이렇게 생각해. 당신이 느끼기에 싫거나 이상하거나 하면 그 사람은 좋은 사람이라고. 당신은 이기적인 사람이기 때문에 당신이 싫어하거나 이상하게 생각되는 사람이면 그 사람은 좋은 사람이라고 생각하면 돼."

몽인은 머리털이 모두 일어서는 것 같았다. 시야가 뿌옇게 흐려졌다. 마루 건너 봄의 방에서는 여전히 헬리콥터가 날갯짓을 하는 소리가 들려왔다.

"내가…… 그렇게 나쁜 사람이야?"

"좋은 사람이 아니라고 나쁜 사람인 건 아니지."

"나는 왜…… 좋은 사람일 수 없는 거지?"

"한 번도 좋은 사람이 되기를 원하지 않았으니까."

"내가…… 그렇게 이기적인 사람이야?"

"응. 당신은 이기적인 사람이야."

"이기적인 건 나쁜 거잖아."

"꼭 나쁜 건 아닐 거야. 잘 모르겠어. 그래, 어쩌면 몽인 씨는 내가 생각하는 것보다 더 나쁜 사람일지도 몰라."

"당신한테도…… 내가 많이 나빴나?"

"나쁘진 않았어."

"그런데 왜 나랑 이혼한 거지?"

"당신이 이혼하고 싶어 했으니까."

"그래도 한 번쯤은 이혼을 해야 하냐고 물을 수도 있었잖아."

"그래서 당신이 좋은 사람이 아니라는 거야. 내가 이혼을 받아들인 건 당신이 나쁘진 않지만, 좋지도 않았기 때문이었어. 그런데 몽인 씨, 이런 얘기 계속해야 돼?"

"답답해."

"봄이 문제는 당신이 해결을 해. 이건 수학 문제가 아니야. 나한테 물어봐도 내겐 답이 없어."

"보고 싶어, 당신이. 많이."

잠깐의 침묵이 이어지고 신혜가 말했다.

"내가 갈 수가 없으니까, 보고 싶으면 당신이 여기로 와. 그런데, 당신 문제를 해결하기 위해서라면 오지 않는 게 좋을 거야."

"모든 게 수학 문제 같았으면 좋겠다. 답을 낼 수 없어서 답답해."

"아니. 수학 문제만 아니고 모든 것에 답이 있어. 문제가 있으면 반드시 답이 있어. 없는 줄 알고 있거나, 없을 거라고 믿을 뿐이지."

"답답해."

"내 얘긴 여기까지야."

더 이상 수화기에서는 아무 소리도 들려오지 않았다. 수학 시간은 끝났고, 수학 선생님도 교실을 나가버렸다.

시로

몽인은 침대에서 나와 옷을 주섬주섬 입기 시작했다. 목을 반쯤 덮는 제법 두꺼운 회색 티셔츠를 입고 어두운 색의 양복 윗도리를 찾아 걸쳤다. 바지 역시 어두운 색으로 입었다. 허리띠를 조이는데 여느 때보다 구멍 하나는 안으로 더 들어갔다. 그제야 점심에 봄과 함께 먹은 국수와 두 조각의 떡 이외에 그때까지 아무것도 먹질 않았다는 생각이 들었다. 배에서 꼬르르거리는 소리가 났다. 몽인의 입가에 짧게 미소가 피었다가 스러졌다.

침실을 나온 몽인은 마루에 선 채로 불빛이 어린 봄의 방을 한참이나 바라보았다. 여전히 헬리콥터 프로펠러 돌아가는 소리가 났고, 그 소리가 멈추면 딸각거리는 소리가 이어졌다. 키보드를 두들기고 마우스를 열심히 눌러대는 봄의 모습이 눈에 선했다.

"봄아, 나갔다 올게."

문이 열리지도, 어디 가느냐는 소리도 들려오지 않았다. 기대한 것은 아니었으므로 실망도 크질 않았다. 하지만 가슴 저 깊은 곳으로 서늘한 바람이 불며 지나가는 것 같았다. 잠깐 헬리콥터의 프로펠러 돌아가는 소리와 딸깍거리는 소리가 멈추었지만 이내 다시 시작되었다.

몽인은 마루문을 열려다가 고개를 봄의 방 쪽으로 다시 돌렸다.

"오후에 선규 만났으니까 알겠구나. 선규 아버님 빈소에 가려고. 사진도 갖다 줄 게 있고." 역시 반응이 없었다. "같이 갈래?" 그 소리에는 반응이 왔다. 마우스를 누르는 소리도 키보드를 두드리는 소리도 들리지 않았다. 더 이상 상상하지 않기로 했었다. 하지만 몽인은 버릇처럼 상상했다. 뭐라고 할까? 몇 개의 답이 빠르게 몽인의 뇌에 펼쳐진 공책 위에 써지기도 하고 지워지기도 했다. 두 개가 남았다.

"다녀오세요."

예상한 답 중의 하나였다. 몽인이 예상한 답은 '다녀오세요.'와 '마음대로 하세요.'였다.

몽인은 마루를 내려섰다. 신발을 꿰신으며 다시 봄의 방을 보았다. 키보드 소리와 마우스 소리가 불규칙하게 들려왔다. 미련처럼, 혹은 마지막 전언처럼, 좀은 비장한 몽인의 목소리가 봄의 방으로 날아갔다.

"뭐 해?"

다시 키보드와 마우스 소리가 멈추었고, 오래지 않아 봄의 목소리가 방을 나왔다.

"시로하고 메신저 하고 있어요."

목소리에 짜증이나 귀찮음 같은 게 느껴지지는 않았다. 그러나 몽인은 코끝이 매웠다.

"응. 시로……."

그때 몽인의 뇌리에 질문 하나가 떠올랐다. 왜 사라졌던 것일까? 그 질문은 다시 바뀌었다. 왜 떠난 것일까? 질문이 덧붙여졌다. 오래 떠나 있고 싶었을까? 영원히 가버리고 싶었을까? 갑작스런 생각이었을까? 그동안은 왜 아무 말도 하지 않았을까? 내가 너무 무심했던 걸까? 내겐 어떤 결격사유가 있는 걸까? 아내의 말대로 봄도 나를 좋은 사람이라고 보지 않는 것일까? 내가 싫어졌다면 싫어졌다고 왜 말하지 않았던 걸까?

"시로 씨, 잘 있대?"

몽인의 말이 마루 위 허공에서 맴돌았다. 봄은 이제 더 이상 대꾸를 하지 않을 것이라고 몽인은 생각했다. 키보드를 두드리고 가끔 마우스가 딸깍거리는 소리가 봄의 방으로부터 들려왔다. 몽인의 예상대로 봄은 그를 상대하지 않았다. 몽인은 마루 문을 닫았다.

시로는 30대 초반의 조연 배우다. 남자다. 조연이지만 아주 유명하다. 예전에 모델 일을 잠깐 했는데 그때 봄과 사귀었다고 했다. 단역에 불과했지만 봄이 몇 편의 영화에 출연할 수 있었던 건 그가 주선해준 덕분이었다.

한 번, 그와 식사를 한 적이 있었다. 물론 봄과 함께였다. 그 때 시로는 묻지도 않았는데 몽인에게 봄에 대해 몇 가지 얘기를 해주었다. 연기력이 부족하니 많이 배워야 할 거라는 것과 의외로 예술영화가 맞을지도 모른다는 것, 그리고 인생에 별 경험이 없어서 감정의 진폭이 느껴지지 않는다는 게 배우로는 치명적인 약점이라는 것 등이었다. 이해가 되거나 수긍이 가는 부분도 있었지만 그렇지 않은 점도 있었다. 그다지 상관이 없거나 서로 모순이 되는 얘기도 있었다. 헤어질 무렵에 그는 많이 참았다가 한다는 느낌이 드는 어떤 얘기를 몽인에게 했다.

"시로라는 제 이름에 대해 전혀 궁금해하지 않는 사람은 선생님이 처음입니다. 대부분은 만나자마자 묻죠. 본명이십니까, 라거나 무슨 뜻인가요, 라든가."

몽인이 눈을 깜빡거리며 그에게 물었다.

"그러네요. 원래 이름 같지는 않네요."

시로는 허허거리며 한참이나 웃다가 봄을 힐끔 보고 나서 몽인에게 말했다.

"본명입니다. 성을 빼고 이름만 쓰니까 다들 지은 이름인 줄 알죠, 허허."

"한자로 어떻게 되나요?"

"이거 엎드려 절 받는 거 같습니다, 허허."

몽인은 그의 말이 무슨 뜻인지 알 수 없었다. 몇 번 더 허허거리며 웃고 나서 그가 말했다.

"시작할 시(始), 길 로(路)."

"좋네요."

"다들 그렇다고는 하는데, 하도 써서 그런지 제 이름이라 그런지 저는 그저 그래요."

"길이 시작된다는 뜻이겠죠?"

"그럴 테죠."

"좋네요. 시작이 중요하죠."

몽인의 말에 유명한 조연 배우의 표정이 갑자기 딱딱하게 굳어지는 것 같았다. 그는 서둘러 자리를 끝내려는 듯 봄에게 눈짓과 턱짓을 보냈다. 물끄러미 건너오는 봄의 시선이 몽인에게 닿았다. 몽인은 아직 할 얘기가 남아 있다는 듯 갑자기 분주해진 시로의 움직임을 의아한 눈길로 바라보았다.

"제 이름도 좀 궁금하지 않나요?"

"아, 예."

시로는 짧게 한숨을 뱉어냈다. 그의 얼굴에서 웃음이 사라지고 미간에 깊은 골이 파였다. 몽인의 목소리가 시로의 미간에 생겨난 두 줄기의 깊은 골 속을 파고들었다.

"그런데 이름에 별 뜻이 없어요. 꿈 몽(夢), 범 인(寅), 호랑이 꿈. 꿈으로 치면 호랑이 꿈이 괜찮을 거 같지만, 이름이야 무슨 상관이겠어요. 그렇지 않습니까?"

"아…… 예."

몽인이 시로와의 만남에서 기억하는 부분은 거기까지였다.

하나가 더 있다면, 그날 식사를 마치고 집으로 돌아오는 차 안에서 봄이 몽인에게 화를 많이 냈다는 것이었다. 나이가 몇 살 아래이긴 하지만 이름을 갖고 장난을 치듯이 한 건 시로라는 한 개인에 대한 모독이었다는 게 봄이 화를 낸 요지였다. 몽인에겐 전혀 이해가 되지 않았지만.

잘생기진 않았어도 개성이 무척 강한 얼굴이었다는 것만 기억에 또렷할 뿐, 시로라는 배우의 모습은 좀체 떠오르질 않았다. 도어록의 열림 버튼을 누르고 대문을 열자 골목을 배회하고 있던 봄밤의 차가운 바람이 기다렸다는 듯 몽인의 빈 목덜미를 파고들었다. 그 순간, 시로의 얼굴이 몽인의 시야를 가득 채웠고, 소름이 온몸에 돋았다. 그 얼굴의 반쯤이 몽인의 것과 겹쳐졌다.

의뢰인

큰길로 나온 몽인이 택시를 기다리고 있는데 주머니 속이 요동을 쳤다. 주머니 속이 몇 번 요동을 치자 온몸이 요동을 쳤다.

몽인은 뻑뻑한 눈을 몇 번 껌뻑거리고 나서 주머니에 손을 넣고 휴대폰을 꺼냈다. 낯선 번호가 창에 떠 있었다. 박선규는 아니었다. 남의 것인 양 몽인은 휴대폰을 물끄러미 바라보았다. 아는 사람 중에 번호를 저장하지 않은 사람은 없었다. 몇 사람의 얼굴이 스쳐 갔다. 스튜디오의 젊은 남자가 맨 마지막에 남았다. 왜 그 남자가? 몽인이 스튜디오의 카운터를 지키고 있던 젊은 남자를 생각하는 동안 한참이나 요동을 치던 휴대폰이 잠잠해졌다.

휴대폰을 도로 주머니에 집어넣으려는데 손이 부르르 떨렸다. 휴대폰 창을 확인했다. 좀 전의 그 번호였다. 몽인은 기침을 하고 목을 가다듬은 후 통화 버튼을 밀고 귀에 댔다.

"예, 유몽인입니다."

"안녕하세요, 저는……" 앳된 것은 아니었지만 나이가 든 목소리는 아니었다. 남자였다. "저는 박민우라고 하는, 작가입니다. 르포를 주로 쓰는데, 방송용 다큐멘터리도 여러 편 했고요."

가회로 북쪽 굽이길 끝에서 볏에 불을 밝힌 택시가 한 대 내려오고 있었다.

"전에 제가 만난 적이 있던가요?"

"물론, 없죠. 하지만 전 선생님을 잘…… 아, 잘은 아니고, 알고 있습니다."

잘 내려오던 택시가 갑자기 멈추었다. 유명한 고가(古家) 어름이었다. 여자 하나와 남자 둘로 보이는 세 사람이 택시에 오르고 있었다. 택시가 몽인이 서 있는 곳을 지나갔다. 몽인이 사라지는 택시의 꽁무니를 지켜보았다.

"책을 봤습니다."

대답할 기력이 없었다. 대답하고 싶지가 않았다. 몇 권의 책이 눈앞을 스쳐 갔다. 자신의 이름으로 출간된 책은 아닐 터였다. 몽인은 책을 낸 적이 없었다.

"대불 이야기, 아주 잘 읽었습니다."

몽인을 아는 사람들은 대부분 그 책을 안다. 『대불(大佛) 이야기』. 어떤 사람은 그 책이 몽인의 책인 줄 잘못 알고 있기도 했다. 몽인은 그 책에 들어가는 사진만 찍어주었다. 글을 그렇게 잘 쓰시다니, 인문학적 소양이 대단하세요, 라고 말하는 축은 아무도 사진 얘기를 하지 않았다. 사진 일을 하는 사람들은 이렇다 저렇다 반응이 없었다.

일본의 가마쿠라(鎌倉)에는 도다이지(東大寺)라는 절이 있고 그 절에는 청동으로 만든 큰 불상이 있다. 『대불 이야기』는 가마쿠라의 대불을 중심으로 한국 불교가 일본의 불교에 미친 영향을 살펴보는 일종의 역사서, 혹은 비교종교학 서적이었다. 그 책에 실린 몽인의 사진은 쉰 장쯤 될 것이다. 전화를 걸어온 박민우라는 작가도 그 책을 몽인의 저서쯤으로 생각하는 듯했다.

"사실은, 사진가님께 직접 이런 말씀을 드린다는 게 멋쩍지만, 그 책은 사진 때문에 더 훌륭해졌다고 생각합니다. 사실 이건, 제 개인적인 생각만은 아니고요, 주위에서 다들 그렇게 말하지요. 사실, 그래서 제가 전화를 드리는 거고요."

'사실'이라는 말을 연속으로 세 번이나 쓰는 사람의 말을 신뢰할 수 있을까, 문득 몽인은 생각했다.

"예, 말씀은 고마운데, 전화를 하시기에 적당한 시간은 아닌 것 같습니다."

"아, 예, 사실은…… 낮에 몇 번 전화를 드렸는데 받질 않으셔서……."

"휴대폰으로 거셨던가요?"

"아, 예, 사실은…… 제가 사실은, 이라는 말을 너무 많이 쓰죠?"

"사실은, 그러네요."

"하하하, 하하하!"

몽인은 농담을 던진 게 아닌데 박민우라는 작가는 기분이 풀어져 마구 웃어댔다. 그때 반대편 차선에서 클랙슨이 살짝 울렸다. 몽인이 보니 택시기사가 창을 내리고는 엄지손가락을 치켜세운 채로 까닥까닥 움직였다. 몽인이 고개를 끄덕였다. 택시가 유턴을 해서 몽인이 서 있는 곳보다 좀 아래쪽에서 섰다. 몽인이 택시 쪽으로 걸어갔다.

"용건이 있으시면 내일 다시 전화 주십시오. 제가 할 일이 있어서요."

"아, 유 선생님, 유몽인 선생님, 잠깐만 좀 더 시간을……"

몽인은 다급한 목소리 위에다 전화를 끊겠다는 말을 이겨 붙이고는 정지 버튼을 눌렀다. 그러곤 뒷문을 열고 택시에 올랐다. 기사를 보면서 대학로, 하고 말하는데 현기증이 일었다. 그야말로 눈앞에 별이 뱅뱅 돌았다. 허기 때문이었다.

"허!"

몽인의 입에서 헛바람이 쑥 빠져나왔다.

허기진 사람

"아이고, 이렇게 또 금방 만나다니요!"

썩은 마룻바닥을 밟는 바람에 순식간에 허방으로 뚝 떨어지는 듯한 착각이 들 정도로 느닷없는 굉음에 그렇지 않아도 어지럼이 일던 몽인은 혼이 다 달아나는 것 같았다. 퀭한 눈을 들어 룸미러를 보았는데 환한 미소가 그를 맞았다. 몽인은 깜짝 놀라 고개를 뒤로 뺐다. 미소에 놀라기는 처음이었다. 전날 오후 박선규를 만나기 위해 탄 택시의 바로 그 운전기사였다. 인연이라는 두 글자가 큼지막하게 몽인의 눈앞에 플래카드가 되어 펄럭이고 있었다.

대학로로 가는 동안 몽인은 내내 어지럼증에 시달렸고, 택시기사는 지난 오후에 그랬던 것처럼 줄기차게 떠들어댔다. 시작은 예의 인연이라는 단어에 대한 거였다. 얘기는 사진기로 넘어갔다가, 잠깐 정치 이야기로 샜다. 그러다 다시 인연으로 돌아왔다.

"가재는 게 편이고, 검둥개는 돼지 편이라 했잖습니까, 허허, 그 참."

내릴 때까지 대꾸는 하지 않으리라 굳게 다짐했던 몽인의 입이 저도 모르게 열렸다.

"무슨 뜻입니까?"

"아따 참, 사진가님께서 뜻을 물으면 어떻게 합니까요."

뱃가죽에 고였던 허기가 천천히 물러가는 듯했다. 감각할 수 없는 곳까지 깊어져버린 탓일지 몰랐다. 멀뚱한 몽인의 눈빛을 룸미러 안으로 건너다보며 택시기사가 고개를 갸웃거렸다.

"택시만 15년인데, 하루에 두 번 같은 손님을 태운 건 이번이 처음이라 이 말이죠."

안 듯 만 듯 모호한 표정의 몽인이 고개를 천천히 까닥까닥했다. 그 모양을 본 택시기사는 고개를 양옆으로 천천히 흔들었다. 그러곤 불쑥, 생각났다는 듯 룸미러 안의 몽인에게 물었다.

"사진은 찍으셨나요?" 몽인이 눈으로 물었다. 뭘? "그랬잖습니까, 친구분 부친께서 돌아가셨는데……"

"아, 예."

"결국 찍으셨군요. 그래요. 그래서, 영정으로 쓰신답니까?"

"모르겠는데요, 그건."

몽인은 그렇게 말하고는 등받이에 몸을 묻고는 눈을 꾹 감았다. 그러거나 말거나 택시기사의 목소리는 한참이나 몽인의 귓속으로 고여들었다. 몽인은 두 손을 깍지 낀 채 배 위에 올려놓았다. 깊이 가라앉았던 허기가 다시 수면 위로 올라오고 있었다. 얼마 만에 느껴보는 허기인지 몰랐다. 배고픔을 느낀다는 건 실은 그에게는 사랑에 가슴이 뛴다는 것만큼이나 생경한 감각이었다.

택시가 녹색등이 켜진 횡단보도 앞에서 멈추었다.

"내릴게요."

"영안실 가는 거 아닌가요?"

몽인은 대답 없이 택시비를 건네고 택시에서 내렸다. 택시에서 내린 몽인은 1인분에 3,500원밖에 하지 않는 돼지갈비집을 향해 세상에 태어나 가장 빠른 걸음으로 걷기 시작했다.

게이

돼지갈비집을 향하던 몽인의 발걸음이 급정거하는 자동차처럼 갑자기 멈추었다. 그의 기다란 몸이 휘청거렸다. 몽인은 오른쪽으로 몸을 틀며 고개를 들었다. 24시간 스튜디오의 보라색 간판이 눈에 들어왔다. 그곳으로 빠르게 걸었다.

"어, 선생님."

출입문을 들어서는 몽인을 보고는 여자 손님에게 사진이 든 봉투를 건네주고 있던 카운터의 젊은 남자가 당황하는 표정을 지으며 말했다.

"아침까지라 하셔서 순서를 뒤로 빼놨는데……."

몽인이 무표정한 얼굴로 오른손을 들었다가 내렸다. 괜찮다는 뜻이었다.

"언제 끝나죠?"

"지금 필름을 넣으면 한 시간……."

"사진 말고, 근무."

몽인은 카운터로 다가가며 젊은 남자의 보라색 셔츠 가슴께에 달린 아크릴 명패를 보았다. 실장, 주인경.

"주 실장."

"예, 좀 있으면 야간 아르바이트생이 옵니다. 두시에."

카운터 뒤 보라색 벽에 걸린 하얀색 시계가 한시가 되려면 아직 십오 분이나 남아 있음을 가리키고 있었다. 몽인은 고개를 숙인 채로 자신의 발끝을 내려다보았다. 때에 전 뉴밸런스 운동화의 앞코가 지글지글 타오르는 돼지갈비로 보였다.

"끝나면 나하고 돼지갈비 먹을 수 있어요?"

"예? 돼지갈비요?"

젊은 남자는 그렇게 물음표를 두 번 연속으로 남기고는 명한 표정으로 고개를 두 번 끄덕거렸다.

몽인은 출입문 오른쪽에 놓인 노란색 소파에 몸을 얹었다. 소파 왼편의 잡지꽂이에 꽂혀 있는 여러 권의 잡지 중에 손에 집히는 대로 서너 권을 골라 소파 앞의 탁자에 내려놓고는 그 중의 하나를 집어 후르르 넘겼다. 『우먼 라이프』라는 잡지였다. 잡지 앞부분은 여느 여성지와 마찬가지로 온갖 종류의 여성용품 광고로 도배가 되어 있었다. 고급 지질의 종이 위에 선명하게 박혀 있는, 짙게 화장한 얼굴들은 하나같이 섹시함을 드러내기 위해 몸부림을 치고 있었다. 옷도, 가방도, 구두도, 안경도, 심지어 화장품조차 보이질 않았다. 보이는 건 오직 여자의 얼굴 혹은 '선정적인 힘'뿐이었다.

몽인이 잡지를 보고 있는 동안에도 젊은 남자는 거의 쉴 틈이 없었다. 맡긴 필름을 현상기에 걸거나 인화기에서 뽑혀져 나온 사진을 정리하고, 정리한 사진들을 봉투에 담아 찾기 쉽게 분류를 해놓았다. 디지털카메라가 대세인 시대에 밤 시간까지 사진을 인화하는 모습은 보고도 믿어지지 않았다.

"늦은 시간인데도 계속 손님이 오네요."

"아, 예. 말씀 낮추세요."

짙은 보라색 패널로 가려져 보이지 않는 카운터 뒤편의 공간으로 잠깐 들어갔다 나온 젊은 남자의 손에 따뜻하게 김이 오르는 엷은 노란색의 유리잔이 쥐어져 있었다.

"모과찬데, 여쭤보지도 않고 타 왔습니다."

몽인은 자신의 앞에 놓인 유리잔을 물끄러미 바라보았다. 좋이 일 분은 지나가 젊은 남자의 얼굴에 약간의 당혹감이 일어난다 싶을 때 몽인이 유리잔으로 손을 뻗었다.

"주 실장은 원래 친절했나요, 아니면 이런 데 근무하면서 친절해진 건가요?"

유리잔은 쥐기에 약간 뜨거웠지만 차는 마시기에 적당히 따뜻했다. 그 따스함과 모과차 특유의 쌉쌀함, 적당한 단맛이 몽인의 목과 위장을 편안하게 감싸주었다.

"원래도 무뚝뚝했고 여전히 무뚝뚝한데, 선생님께서 친절하게 봐주시는 것 같네요."

침착한 말투 탓에 남자의 목소리는 부드럽게 느껴졌지만 약

간은 하이 톤이었다. 그의 목소리는 반쯤은 입천장에서 혀 쪽
으로 내려오고 나머지 반은 혀뿌리의 구멍을 통해 코 쪽으로
올라가 비음을 만들어냈다. 기분이 몹시 좋을 때 여자들이 내
는 어떤 소리와 닮아 있었다. 몽인은 슬쩍 고개를 들어 남자를
보고는 옆에 앉으라고 고갯짓을 했다. 남자가 가지런히 두 손
을 포개고는 소파에 앉았다.

두 사람은 마치 오래전부터 아는 사이라도 되는 듯 정답게
얘기를 나누었다. 얘기를 나누는 동안 손님들이 오면 남자는
일을 보았고, 일을 보고 난 뒤에는 다시 몽인에게로 와서 얘기
를 나누었다.

두시에 가까워가고 있었다.

인화를 맡기는 손님이 찾아와서 남자가 카운터로 간 사이에
몽인이 탁자 위에 놓아둔 세 권의 잡지 중 맨 마지막 것을 집었
다. 몽인의 눈에 낯이 선, 그리 두껍지 않은 영어판 사진잡지였
다. 유명 인사들에 대한 사진 촬영을 뜻하는 'photocall'이란 단
어를 잡지 이름으로 쓴 게 특이했다. 손님을 보내고 자리로 돌
아온 남자에게 몽인이 잡지를 들어 보였다.

"이건 처음 보는 잡진걸."

"예, 저도 본 지가 얼마 되질 않는데 싱가포르에서 발행된다고 하네요."

"싱가폴? 음…… 특이하네. 얼마요, 구독료가?"

"그게, 잘 모르겠어요. 『아메리칸 포토』지 구독을 2년 연장하면 이걸 공짜로 볼 수 있다고 해서…… 사장님한테 말씀을 드렸더니 『아메리칸 포토』는 어차피 볼 잡지니까 그렇게 하라고 하시더군요."

그때 낮지만 경쾌한 음악이 들려왔다. 남자가 자리에서 일어나며 주머니에서 휴대폰을 꺼냈다. 그는 다정한 말투로 사진은 나와 있으니까 찾아가면 된다고, 두시에 아르바이트생이 오면 퇴근을 하는데 약속이 있어서 만나진 못할 거라고 하고는 전화를 끊었다. 몽인에게로 돌아선 그의 눈이 몽인의 눈과 허공에서 마주쳤다.

"친구? 아니면 애인?"

남자의 입이 웃었다.

"친구도 되고, 애인도 되는 사람이에요."

"밥도 같이 먹고, 잠도 같이 자고?"

몽인이 농담을 던졌다. 젊은 남자가 고개를 끄덕거렸다. 얼굴에 웃음이 옅어지고 있었다. 멀뚱히 선 그의 호리호리한 몸이 약간 휘청거리는 것 같기도 했다.

"예쁠 거 같은데."

남자는 잘 달리던 자전거가 잠깐 멈추듯 멈추었다가 다시 떠나듯 대답했다.

"멋있어요."

"멋? 허허, 여자 친구한테도 그런 표현을 쓰나?"

또 자전거가 멈추었다가 떠났다.

"남자예요."

몽인의 입이 살짝 벌어졌고, 고개가 살짝 젖혀졌다가 돌아왔다. 오늘 하루 중에서 가장 환한 미소가 몽인의 얼굴 전체를 덮고 있었다.

"아, 그래, 그런 느낌이었어."

스튜디오의 출입문이 열리고 덩치가 좋은 젊은 여자가 안으로 들어섰다. 아르바이트생인 듯했다. 몽인이 카운터로 고개를 돌렸다. 보라색 벽에 매달린 하얀 시계가 정확히 두시를 가리키고 있었다.

남자에게 키스를 해본 적이 없는 남자

돼지갈비는 입안으로 들어가자마자 녹았다. 소주 두 병이 금세 비었고, 몽인은 두 병은 더 먹을 수 있을 것 같았다. 문득문득 봄을 생각했다. 몇 번이나 주머니에 든 휴대폰을 꺼냈다가 도로 넣었다.

"아, 생각났어!"

주인경이 새로 온 소주병을 따서 몽인의 빈 잔을 채우는 모습을 바라보던 몽인이 소리쳤다. 주인경의 동그란 눈이 몽인에게로 건너왔다.

"〈원 나잇 스탠드〉야. 웨슬리 스나입스."

영화 얘기였다. 몽인은 스튜디오를 나오면서 줄곧 기억하려고 애썼다. '남자에게 키스를 해본 적이 있어?'라는 대사가 들어가 있던 영화. 꽤 오래전의 영화였는데, 제목이 기억나질 않았다.

"아, 그 영화요. 고전이죠."

주인경이 말했고, 몽인이 고개를 크게 끄덕였다. 몽인이 소주병을 받아 주인경의 빈 잔에 소주를 채웠다. 주인경이 잔의 반을 비우고 내려놓으며 말했다.

"남자끼리 입을 맞춰본 적이 있냐고 묻죠."

주인경의 눈이 좁혀졌다가 풀렸다. 뭔가를 떠올리는 사람의 눈이었다.

"그 친구랑 저, 둘이서 그 영화 봤었어요. 중학교 2학년 때였는데…… 그때 둘이서 그랬어요. 똑같이. 저 영화 이해하는 열네 살짜리는 우리 둘밖에 없을 거야, 하고 말예요. 그때부터 사귀었어요."

"지금까지 쭉?"

"아뇨. 중간에 두 번 헤어졌어요. 그 친구가 군대 갈 때 한 번, 제가 군대 갈 때 한 번."

몽인이 또 고개를 끄덕거렸다.

"좋다. 그 친구, 보고 싶네."

술잔을 비우고 어질어질해진 머리를 좌우로 몇 번 흔들고 난 몽인이 말했다.

"오늘은 참 특별한 날이야."

"절 만나서요? 농담입니다."

"아냐. 그것도 포함돼. 근데, 무슨 일이 있어서가 아니야. 이건, 말하자면, 꽤 추상적이지. 특별하다는 거, 새롭다는 거, 뭔가 이상하고, 괴상하다는 거." 이해하겠다는 듯 주인경이 고개를 끄덕였다. 그 끄덕이는 고갯짓을 보며 더 크게 고개를 끄덕인 몽인이 말을 이었다. "내가 염소 같아, 비탈길 풀밭에 메인 흑염소."

"재밌네요, 표현이."

"돼지는 아니야. 허허, 오늘 내가 돼지 같다는 소릴 들었지만, 돼진 아니야. 돼지는 갇혀 있잖아. 난 조금은 자유로운 소, 염소, 개, 그런 거 같아."

"왜 그런 생각이 드셨는지 물어봐도 될까요?"

몽인은 고개를 살짝 왼편으로 돌리고는 15도 정도 위를 바라보았다. 그러곤 다시 주인경을 보았다.

"여전히 예전의 나일 수도 있지만 난 나를 다시 본 것 같아. 아이가 다소곳하게 머리를 내밀고 있으면 어른이 머리를 쓰다듬어주잖아. 혹은 야단을 치거나. 분명한 건 예전의 난 그런 데 전혀 관심이 없었다는 거야. 다소곳하게 머리를 내미는 아이도 아니었고, 야단을 맞는 아이도 아니었단 얘기지. 그런데 오늘 난 종일 머리를 쓰다듬기거나 야단을 맞았어."

주인경의 고개가 살짝 흔들렸다. 좀 전의 이해할 것 같았던 마음이 더 이상 아니라는 뜻이었다. 전혀 이해할 수 없다는 표정이었다. 몽인은 그런 그를 보며 활짝 웃었다.

"내가 주인으로부터 길들여지는 기분이었단 거지. 내게 주인이 있었다는 걸 몰랐으니까 당황스럽고, 내가 실은 염소였다는 걸 몰랐으니까 언짢았지. 그런데 그걸 알고 나니까 괜찮아졌어. 풀을 뜯어 먹는 맛이 괜찮은 거 같아, 하하하!"

몽인의 소주잔이 주인경의 앞으로 쑥 나갔다. 주인경이 얼른 탁자에 놓인 소주잔을 집어 들어 몽인의 잔에 부딪쳤다. 두 개의 소주잔이 각자의 입안에서 비워졌다. 새까맣게 그을린 큼지막한 돼지갈비 두 점도 입안으로 쑥 들어갔다. 하나는 남자와 키스를 해본 남자의 입으로, 다른 하나는 남자와 키스를 해본 적이 없는 남자의 입으로.

잇다

술 취한 남자

얼마 만에 술에 취한 건지 헤아려보기라도 하는 듯 몽인은 별 하나 보이지 않는 밤하늘을 우두커니 올려다보았다. 몽인의 양쪽 입꼬리가 슬금슬금 양쪽 귀를 향해 올라가고 있었다. 그는 좀체 술에 취하지 않았다. 술이 세서 그런 게 아니라 취하도록 마시질 않았기 때문이었다. 몽인은 돼지갈비집을 나와 헤어지기 직전에 주인경과 나눴던 대화를 무슨 애틋한 추억이라도 되는 양 떠올렸다.

"여자와 키스를 해본 적이 있나?"

"예."

"남자와 키스를 하는 것과 다르나?"

"다르죠."

"왜?"

"선생님 생각엔 왜일 것 같습니까?"

"입술의 생래적인 차이? 두께, 같은 거. 딱딱한 정도, 같은 거."

"물론 그럴 수도 있겠죠. 하지만 제 경우엔 아닙니다."

"뭘까? 왜 다르지? 왜 다른가?"

"사랑 때문이죠."

"사랑?"

"예. 사랑하는 사람과 키스를 할 때와 사랑하는 사람이 아닌 사람과 키스를 할 때가 같을 순 없잖습니까."

스스로 의식하지 못한 채 술에 취한 것은 어쩌면 처음일지도 모른다는 생각을 하면서 몽인은 인적이 드물어진 거리를 지나 대학병원 서쪽 출입문으로 들어섰다. 멀지 않은 곳에 장례식장을 알리는 푸른색 테두리의 흰색 간판이 보였다. 몽인은 경사진 오르막을 천천히 걸어 올랐다.

장례식장 건물 앞에 이른 몽인은 안으로 들어가려다 말고 잠바 주머니에서 휴대폰을 꺼냈다. 그러고는 현관 앞 굵은 기둥으로 걸어가 웅크리고 앉았다. 기둥에 등을 기댄 몽인은 휴대폰의 메시지 창을 띄운 뒤 자판을 누르기 시작했다.

그대의 흑염소입니다
주인님께서 한눈을 파시는 동안
도망을 쳐 왔는데 여기가
어딘지 모르겠네요

문자메시지를 보낸 몽인은 고개를 바닥으로 향한 채 몸을 건들거렸다. 아니, 그가 건들거렸다기보다는 몸이 저절로 건들건들했다. 그 몸이 멈춘 것은 봄으로부터 답장이 도착했을 때였다. 휴대폰이 부르르 떨리는 순간 몽인은 술이 반쯤 깨는 것 같았다. 전혀 기대하지 않은 일이었기 때문이다.

제가 키우는 흑염소는
눈이 멀어 도망갈은 걸
칠 수가 없답니다 그러니
진짜 주인을 찾아보도록 하세요

"하하하!"
몽인은 자신이 있는 곳이 장례식장 앞이라는 사실을 까맣게 잊은 채 폭소를 터뜨렸다. "하하하하하!" 한번 터진 웃음은 끊이질 않았다. 몽인은 술 덕분인지, 봄의 문자메시지 때문인지, 아니면 그 둘이 절묘하게 섞인 탓인지, 제 웃음의 정체를 가늠하기는 힘들었지만, 좀체 웃음을 그치지 못했다.

상주喪主

"매점이 문 닫았더라. 빈손이야."

몽인이 두 팔을 반쯤 들어 올려 양쪽으로 벌리면서 히죽 웃었다. 벽에 기댄 채로 제상 위에 놓인 망자의 사진을 물끄러미 바라보고 있던 박선규가 소리가 들려온 쪽으로 고개를 돌리고는 마주 웃었다.

"어, 몽인이구나. 어서 와."

첫날이기도 하고 늦은 시간이라 그런지 문상객은 아무도 없었다. 빈소 맞은편의 식당 한쪽에 소복을 입은 여자가 탁자에 엎드린 채 잠이 들어 있었다.

"한잔 걸친 거 같다?"

"여러 잔 걸쳤지."

"좋은 일 있어?"

몽인이 마루 위로 슬금슬금 기어 와 박선규의 옆에 앉더니 벽에다 등을 기대고는 두 다리를 쭉 뻗었다. 끙, 하는 신음 소리가 몽인의 입에서 길게 뽑혀져 나왔다. 제상 위의 향로에는 연기가 피어오르지 않았지만 엷은 향내가 빈소 가득 퍼져 있었다.

"난, 부모님 두 분 다 돌아가셨는데 상주 노릇을 못 해봤어."

"무슨 뜻이야?"

"아버지는 내가 군대에 있을 때 돌아가셨는데 난 그때 비무장지대 안에 있었지. 어머니가 돌아가셨을 땐 만리장성 부근 여관방에서 하루 종일 설사를 하고 있었고."

"그러고 보면 난 운이 좋은 놈이구나."

"운?"

"비무장지대나 만리장성보다 미국이 더 멀잖아. 그런데도 여기 있잖아."

"그건 그런데, 운이 좋다는 건 아니다."

"왜?"

"상주 노릇 하는 게 운이 좋은 거냐?"

"아이쿠, 한 방 먹었네."

박선규가 정말 한 방 맞기라도 한 듯 두 팔로 제 가슴을 감싸 안았다.

"삼촌……."

두 사람의 시선이 동시에 맞은편 식당으로 건너갔다. 탁자에 엎드려 잠이 들어 있던 여자가 어느새 일어나 먹을 걸 준비하고 있었다.

"형수님이시다."

박선규가 몽인의 팔을 붙들고 일어났다.

형수

"오실 분들이 없을 것 같아서 아주머니들을 모두 돌려보냈는데…… 첫날이라 국물 같은 것도 없고, 떡이랑 부침개 정돈데, 혹시 컵라면 같은 거라도……?"

각진 얼굴에 부리부리한 눈매를 가진 여자는 선잠에서 깬 사람답지 않게 눈 흰자위가 핏발 하나 없이 깨끗했다. 강단이나 결기 같은 게 느껴지는, 무척 강한 인상이었다. 몽인은 활짝 웃으며 팔을 앞으로 뻗고는 손바닥을 펼쳐 흔들었다.

"아닙니다. 그 정도면 아주 좋습니다. 사실은 제가, 금방 돼지 갈비를 먹고 왔거든요."

"형수님, 이 친구가 몽인이에요."

"아, 그렇구나. 반가워요."

"절 아시는군요."

"물론이죠. 도련님한테서 얘기 많이 들었어요."

"제 얘기를요? 두 분이 자주 만나지도 못했을 텐데 제 얘기까지. 저야말로 형수님 얘기 많이 들었습니다. 훌륭한 인품에 성격 좋으시고 능력 있고, 입에 침이 마르도록 자랑을 늘어놓더라고요. 이렇게 뵙게 돼서 영광입니다."

몽인은 여자의 얼굴을 바라보면서 나이를 짐작해보았다. 박선규로부터 나이 얘기를 들어본 적은 없었다. 만약 선규의 형과 동갑이라면 40대 중반일 터였다. 전체적인 분위기는 중후해서 50대로 볼 수도 있었지만, 풍겨오는 에너지를 감안하면 30대라고 해도 될 성싶었다.

"우리 도련님이 허풍이 좀 있는 편이에요. 저희 집 애가 삼촌하고 같이 살면서 그 점을 닮을까 봐 늘 걱정이죠."

"선규가 허풍이 있어요? 아, 전 왜 그걸 몰랐죠?"

박선규가 주방 앞 냉장고로 걸어갔다.

"형수님, 소주 한잔 하실래요?"

"전, 맥주로 주세요."

박선규가 냉장고 문을 옆으로 밀고는 소주 한 병과 맥주 두병을 꺼냈다.

"선규 저놈이 형수님이 완전 독하시다고 그러던데 그건 확실히 허풍인 거 같네요."

"허풍이 아니에요. 제가 원래 좀 독해요."

"좀이 아니라 독해도 완전 독하다던데요?"

"그래요. 완전 독해요."

"허 참, 전혀 그렇게 안 보이시는데."

선규의 형수가 환하게 웃었다.

"아버님 사진을 찍으셨다고요?"

"내가 미리 말씀드렸어."

박선규가 맥주병 뚜껑을 따고 여자 앞에 놓인 잔에다 술을 따르며 말했다. 몽인은 잔뜩 풀어진 눈으로 여자와 친구를 번갈아 보다가 말했다.

"형수님, 제가 뭐 하나 물어봐도 되겠습니까?"

여자가 잔에 담긴 맥주를 반쯤 비워내고는 몽인을 보며 고개를 살짝 끄덕였다.

"형수님을 뵈니까, 뭐랄까, 단단하다고 해야 하나, 고집스럽다고 해야 하나, 고집은 아냐, 뭐랄까, 굳고 단단해요. 굳고 단단해서 흔들림이 없을 거 같다 이거죠. 어떠세요? 선규 형님이 돌아가셨을 때 아주 젊으셨는데, 그때도 그렇게 굳고 단단하셨던가요? 아니면 그 일을 겪고 나서 지금처럼 이렇게 굳고 단단해지신 건가요?"

자기 소주잔을 채운 뒤에 술을 입안으로 털어 넣는 박선규의 표정이 굳어 있었다. 몽인은 슬그머니 박선규의 뒤편으로 팔을 뻗어 그의 등을 장난스럽게 쓸었다.

"어려울 게 없을 것 같은데, 어려운 질문이네요."

선규의 형수는 맥주잔을 두 손바닥으로 감싸고는 꽤 한참이나 말이 없었다. 그사이 박선규는 소주 한 잔을 더 마셨고, 몽인은 여전히 그의 등을 쓰다듬었다. 박선규나 몽인이나 둘 모두 여자의 대답이 큰스님의 설법이라도 되는 양 묵묵히 기다리고 있었다. 이윽고 쥐고 있던 맥주잔을 비워내고는 여자가 입을 열었다.

"솔직히 모르겠어요. 처음부터 그랬는지, 나중에 그리 됐는지. 실제로도 그런지 아닌지. 굳고 단단하다는 몽인 씨 말씀이 무슨 뜻인지는 알겠는데, 그게 나한테 맞는 말인지 아닌지 모르겠어요. 그런데 이런 생각은 했었어요. 유한을 즐기지 못하면 인생은 아무것도 아니다."

몽인은 여자의 얼굴에서 결기와 강단이 감쪽같이 사라져버린 것을 보고 놀라 입을 헤벌렸다. 그녀의 얼굴에 드리워져 있던 결기와 강단은 부드러움과 온화함으로 변해 있었다. 처음부터 잘못 본 건지, 정말 그렇게 바뀌어버렸는지 헷갈렸다. 박선규는 소주를 잔에다 따라놓고 묵묵히 내려다만 보았다. 무척 낮았지만 여자의 말소리는 텅 빈 빈소 안을 깊게 울렸다.

"평소에 남편이 그랬었죠. 인생이 한 번뿐이라서 억울하다고요. 군인이 돼서 사는 자신이 어색해서 거울을 볼 때마다 다른 삶을 살아야지, 너 지금 뭐 하고 있니, 그런다고요. 세상 떠나기 한 달 전에, 잠깐 휴가를 나와서 저랑 술을 한잔하면서 그런 소릴 또 하더라고요. 제가 무슨 이유에서였는지 남편한테 그랬어요. 목숨 붙어 있는 것들은 무엇이든 딱 한 번만 사는 거고, 그 스러지고 가는 걸 누구도 막아내지 못한다고요. 그 스러지고 가는 걸 즐기지 못하면 산다는 게 아무것도 아니질 않느냐고요."

몽인은 새삼 느꼈다. 여자의 아름다움은 마흔쯤은 넘어야 발견된다는 것을. 박선규의 형수는 아름다웠다. 결기와 강단이 곧 부드러움과 온화함이 되는 아름다움, 그건 젊은이들에게선 눈을 씻고 봐도 찾을 수 없는, 나이가 들어서야 비로소 생길 수 있는 아름다움임이 분명했다. 나이가 들어 그런 게 생긴다면 아름다운 사람이 될 것이고 그러지 못하면 추한 늙은이가 될 것이다. 몽인은 선규가 따라놓은 소주를 훌쩍 비워내고는 콧등에 주름을 잡았다. 손가락으로 동그랑땡을 집어 우적거리며 씹었다. 태어나 손가락으로 뭘 집어 먹은 것은 그것이 처음이었다.

"그런데 그 잘난 소리 하고 한 달 만에 남편이 죽었어요. 흐, 입이 방정이었죠. 몽인 씨 말대로 제가 굳고 단단한 사람인지는 모르겠지만, 어쨌거나 전 받아들일 수밖에 없는 일은 받아들이고, 돌아보지 말아야 할 건 돌아보지 말아야 한다고 생각하는 사람 같아요."

몽인의 뇌리에 퍼뜩, 문장 하나가 떠올랐다.

"유한을 즐겨야 한다고 하셨지만, 영원한 걸 희망하지 못하면 인생은 아무것도 아닌 거 아닌가요?"

빈소에 깊은 적요가 찾아왔다. 누구도 입을 열지 않았다. 옆쪽 빈소에서 낮게 가라앉은 울음소리가 들려왔다.

형

"분위기 이렇게 만들어놓은 거, 몽인 씨 책임이에요." 박선규의 형수가 불쑥 말했다. 선규와 몽인이 서로의 얼굴을 보면서 키득거렸다. "이번엔 몽인 씨 얘길 좀 해봐요." 몽인이 뭐가 궁금하냐는 듯 선규 형수를 향해 장난스럽게 고개를 쑥 뺐다. "재밌게 사신다던데, 사는 얘기, 엄청 젊은 여자분이랑 사는⋯⋯ 이런 거 물으면 안 되나요?"

"천만에요."

"뭐가 제일 재밌어요?"

"사실, 선규가 늘 말하지만 제가 재밌는 거와는 거리가 먼 사람입니다. 뭐가 재밌는지, 뭐가 재미없는지, 그런 것도 몰라요. 만약에 이렇게 물으신다면 대답을 할 수가 있어요. 젊은 여자랑 사는 거와 나이 든 여자랑 사는 것 중에 어떤 게 더 낫냐고요. 그렇게 한번 물어봐주실래요?"

선규 형수의 눈빛이 호기심으로 반짝거렸다.

"누구랑 사는 게 더 나아요?"

"나이 든 여자랑요."

"의외네요. 어느 모로 보나 젊은 여자가 낫지 않나요?"

몽인이 고개를 흔들었다.

"나은 게 단 하나도 없어요."

"그럼 왜 사니? 젊은 여자랑."

박선규가 핀잔하듯 물었다. 몽인이 고개를 옆으로 틀어 선규의 얼굴을 한참이나 바라보았다.

"왜 사는지는 모르겠어. 나이 많은 남자랑 같이 사는 여자한테 물어봐도 다른 대답이 나올 것 같지가 않아. 왠지."

"문제는 젊거나 늙거나 하는 거, 그런 거하고는 다른 거 아닌가요?" 박선규의 형수가 맥주를 잔에 채우며 말을 이었다. "나이가 몇 살이냐가 아니라 누구와 사느냐, 어떤 사람이랑 사느냐, 가령…… 이해심 많은 사람이랑 사느냐, 이해심보다는 그저 같이 사는 게 좋아서 사느냐, 아니면 속궁합이 잘 맞는 사람이랑 사느냐, 뭐 이런 게 중요한 거지."

형수의 얘기를 듣는 내내 박선규는 고개를 끄덕이거나 입가에 미소를 지었다. 그걸 유심히 보고 있던 몽인이 불쑥 선규의 형수를 보며 말했다.

"형수님, 남자와 여자가 살을 맞대고 산다는 게 어떤 거라고 생각하십니까? 형수님께선 결혼도 해봤고 혼자 살고 있기도 하니까 절묘한 답이 가능할 거 같은데."

선규의 형수가 몽인의 말을 받았다.

"운명."

"운명?"

"그거 말고는 내가 대답할 수 있는 게 없어요. 그거 아니곤, 모르겠어요. 남녀가 왜 살 부비며 사는지."

"운명……. 넌, 어떻게 생각하니?"

몽인이 박선규를 보며 물었다. 그의 고개가 천천히 흔들렸다. 얘기에 끼어들고 싶지 않다는 뜻으로 보였다. 몽인이 다시 선규의 형수에게로 고개를 돌렸다. 선규의 형수가 맥주잔을 입으로 가져가다 말고 말했다.

"삼촌은 아마 평생 결혼을 하지 않을 거예요."

"왜요?"

"저랑 형 때문에."

"왜요?"

"결국 같이 살지 못했잖아요."

"그게 왜요? 누구나 죽는 건데? 죽으면 헤어지는 거고, 같이 살 수 없는 건데? 아까 형수님이 말씀하신 대로 유한한 걸 받아들여야 하는 게 인생 아닌가요?"

"그러게요. 그걸 못 받아들여서 삼촌은 그냥 혼자 살 거 같다
는 거죠."

"그러니?"

몽인이 선규에게로 고개를 돌리려 하자 선규가 손을 뻗어 몽
인의 얼굴을 막았다. 그러곤 제 형수에게 말했다.

"형수님, 그 얘기 이 친구한테 좀 해주세요. 형이랑 처음 만났
던 얘기요."

자신에게로 재빨리 건너온 몽인의 시선을 슬쩍 피하며 선규
의 형수가 맥주잔을 비웠다. 꽤 오래 그녀는 아무 소리도 하지
않았다. 몽인은 졸음이 쏟아지는 눈꺼풀을 치뜨며 선규 형수를
보았지만 그녀의 시선은 탁자에 머물러 있을 뿐이었다. 무겁게
내리덮이는 눈꺼풀을 그냥 둔 채로 슬금슬금 몰려드는 잠 속으
로 속절없이 빨려 들어가던 몽인의 귓속으로 바람에 갈대가 흔
들리는 것 같은 사각거리는 소리가 밀려들었다. 선규의 형수가
근무하던 군 병원으로 어느 날 선규의 형이 찾아와서는 다짜고
짜 포경수술을 해달라고 했다는 얘기를 들으며 몽인은 헤어나
기 힘든 잠의 늪으로 빠져 들어갔다. 그 깊고 아득한 늪 속에서

몽인은 군복을 입은 낯선 청년을 만났다. 그는 몽인의 팔을 잡고는 더욱 깊은 곳으로 끌어당겼다.

침묵의 남자

몽인은 널을 뛰고 있는 것 같았다. 위로 뛰어올랐다가 내려오면 어떤 힘에 의해 다시 높이 솟아올랐다. 아니면 몸에 튜브 같은 걸 끼고서 커다란 파도에 몸을 맡기고 있는 것 같았다. 몸은 편안했다. 하지만 마음은 불안했다. 특히 높이 솟구쳤다가 아래로 떨어져 내릴 때 더 그랬다. 하늘인지 바다인지, 푸른빛인지 흰빛인지 모를 밝음 속에서 몽인은 어딘가를 주시하고 있었지만 아무것도 보이진 않았다. 빛은 점점 더 밝아지고 있었다. 빛이 강렬해질수록 그 빛 속에 어떤 냄새와 소리가 숨어 있다는 생각이 들었다. 몽인은 냄새를 맡기 위해 코를 벌름거리고, 소리를 듣기 위해 귀를 세웠다.

"몽인 씨."

눈을 떴다. 흐릿한 시야가 맑아질 때까지 몽인은 계속 눈을 깜박였다. 여자의 얼굴이 시야에 들어왔다. 선규의 형수였다.

몽인은 몸을 움직이려고 했지만 고개가 뻣뻣해서 잘 움직여지지가 않았다. 눈동자만 좌우로 굴려 주위를 살폈다. 빈소였다.

"제가 여기서 잤네요."

여자가 미소를 지었다.

"선생님."

여자의 옆쪽에서 여성스러운 높은음이 적당히 섞인 남자의 목소리가 들려왔다. 몽인의 고개가 오른쪽으로 돌려졌다. 젊은 남자가 검정 양복을 입은 채로 서 있었다. 스튜디오 '보라'의 주인경이었다. 그의 옆구리에는 하얀 사각봉투가 들려져 있었다. 그제야 몽인은 두 손으로 바닥을 짚고 몸을 일으켰다. 주인경이 몽인에게 사각봉투를 건넸다.

"퇴근한 거 아니었어요?"

"특별한 사진인 거 같아서 제가 직접 작업을 했어요. 실은, 유선생님 작품이라 제가 해보고 싶었어요."

"고맙긴 한데, 술을 들고 했으니 걱정이네."

주인경은 몽인이 농담을 던진 거라 생각했는지 환하게 미소를 지었다. 몽인이 봉투를 열었다.

사진은 모두 열세 장이었다. 열 장은 박선규의 돌아가신 아버지를 찍은 것이고 나머지 세 장은 사체 보관실 관리인의 사진이었다. 몽인은 그것들을 마치 남의 사진 보듯 후르르 넘겼다. 그러고는 자리에서 일어나 박선규를 찾았다. 선규는 보이지 않았다. 주방에서 일하는 여자들 틈에 선규의 형수가 보일 뿐이었다.

"저, 그럼, 가보겠습니다."

주인경이 굳은 표정으로 몽인을 보며 고개를 숙였다. 몽인은 멀뚱한 얼굴로 그를 바라보고는 가볍게 고개를 끄덕였다. 주인경은 할 말이 있는지 잠시 주뼛거리다가 돌아섰다. 화환 몇 개가 세워져 있는 입구까지 걸어간 주인경이 걸음을 되돌려 몽인에게로 다시 왔다. 탁자 앞에 앉아 사진이 든 봉투 겉봉에다 뭔가를 쓰고 있던 몽인이 물끄러미 그를 올려다보았다. 두 사람의 시선이 허공에서 마주치고 한참이나 아무 얘기가 오가지 않았다. 몽인의 눈은 아무것도 없는 허공을 올려다보는 듯 무심했고, 주인경의 눈에는 알 수 없는 여러 개의 감정이 뒤섞여 있었다. 일테면 그건, 사랑하는 여자가 다른 남자와 다정하게 걸어가고 있는 것을 본 남자의 눈 같았다. 이글거리는 분노와 그럴 리가 없다는 강한 부정이 뒤얽힌.

한참이나 그렇게 몽인을 내려다보고 있던 주인경이 말없이 돌아섰다. 그가 화환들을 지나 빈소 입구를 다 빠져나갈 때까지 몽인의 눈길은 그의 뒷모습을 좇고 있었다. 그 눈은 여전히 허공을 보는 듯 무심했다.

이상한 친구

주인경이 빠져나간 빈소 출입구로 박선규가 들어서고 있었다. 박선규가 멍하니 자신을 보고 있는 몽인을 발견하고는 가볍게 손을 들어 보였다.

"일어났구나."

몽인이 예의 잔뜩 풀린 눈에 힘을 넣으며 박선규를 보았다.

"내가 어제 많이 취했었니?"

"그랬어?"

"좀 이상해. 기억도 잘 안 나고."

"많이 취해 보이진 않았어. 이상하긴 했지만."

"어떻게?"

"즐겁고, 유쾌하고, 뭐 그랬지."

"즐겁고 유쾌했다? 이상하네, 정말."

"이상하지. 넌 즐겁고 유쾌한 거하곤 거리가 먼 인물이니까."

몽인이 피식 웃었다. 박선규도 따라 웃으며 탁자 위에 놓인 봉투를 건너다보았다. 봉투 겉면에 쓰인 '선규에게'라는 글씨를 보고는 봉투를 집어 들었다.

"아버지 사진이구나."

박선규가 봉투를 열어 안에 든 사진을 조심스럽게 꺼냈다. 주인경이 갖고 온 것을 몽인이 볼 때와는 달리 박선규는 사진 한 장 한 장을 마치 아버지의 임종을 지키듯 보았다. 언제 왔는지 박선규의 형수가 그의 뒤편에 서 있었다. 그녀 역시 굳은 표정으로 선규가 들고 있는 사진을 뚫어지게 바라보았다. 두 사람 모두 숨소리 하나 내지 않았다. 몽인이 슬그머니 일어나 빈소의 마루로 건너가 앉았다. 이윽고 사진을 모두 본 두 사람의 시선이 몽인에게로 건너왔다. 눈에 물기가 고여 있었지만 표정은 환했다.

"이걸 영정 사진으로 쓰고 싶네요."

박선규의 형수가 한 말이었다. 선규가 제 형수를 올려다보며 받았다.

"형수님 생각도 그러세요?"

"삼촌도 그런 생각 하셨어요?"

"사실은, 몽인이한테 부탁할 때부터 그 생각을 하고 있었어요."

그들의 대화를 들으며 몽인은 문득 기이한 생각이 들었다. 기이한? 아니, 기이하지 않을 수도 있었다. 어쩌면 당연한 일인지도 몰랐다. 몽인이 든 생각은 두 사람이 부부 같다는 거였다. 오랜 세월을 함께한.

"형수님."

선규의 형수가 몽인에게로 고개를 돌렸다. 몽인이 히죽 웃었다. 몽인의 얼굴에 웃음이 자주 뜬다는 건 확실히 기이한 일이었다. 몽인이 변했다. 단 하루 사이에.

"아버님 장례 끝나면, 미국으로 가세요."

박선규의 얼굴도 몽인 쪽으로 돌려졌다. 선규의 형수가 몽인에게 물었다.

"무슨 뜻이에요?"

"선규랑 같이 살라고요."

선규가 쿡, 하고 웃었다. 선규 형수의 표정이 굳어졌다. 박선규가 자신의 형수에게 말했다.

"봐요, 형수님. 제 생각이 엉뚱한 게 아니잖아요."

"삼촌."

"몽인아." 박선규가 말했다. 무슨 말을 하고 싶으냐는 듯 몽인이 박선규에게 턱짓을 했다. "네가 같이 살라고 한 거, 함께 살 부비며 살라는 거지?"

"당연하지."

"봐요, 형수님."

선규의 형수가 말없이 일어나 뚜벅뚜벅 주방으로 걸어갔다.

"갈게."

"그래. 고맙다."

"시간 나면 사체 보관실 아저씨한테 사진 좀 갖다 드려. 나한텐 갖다 주지 않아도 된다고 그랬는데, 내가 갖고 있을 사진이 아닌 거 같아."

박선규가 고개를 끄덕거렸다. 두 사람은 서로의 손을 붙들곤 한참이나 신나게 흔들었다. 다시 들를 수 있을지 모르겠다고 몽인이 말하자 선규는 안 그래도 된다면서 봄이 씨한테 너를 만나게 해줘서 고맙다고 전해달라고 했다. 몽인은 직접 얘기하라며 봄의 전화번호를 가르쳐주었다. 마주 잡고 흔들던 손을 풀고 몽인이 주방 쪽을 바라보자 강단과 결기, 부드러움과 온화함이 봄꽃처럼 만개한 소복 차림의 여인이 눈에 들어왔다. 그녀 역시 몽인을 바라보고 있었다. 몽인이 그녀에게 고개를 꾸벅 숙였고, 그녀도 고개를 숙였다가 들었다. 빈소를 빠져나오며 몽인은 한 차례 뒤를 돌아보았다. 박선규가 제상에 놓인 영정 사진 옆에다 몽인이 찍은 사진 하나를 나란히 세우고 있었다.

남루한 두 남자

걸었다.

그냥 걸었다.

몽인은 자신이 어디를 향해 걷고 있는지 생각하지 않았다. 정처 없다는 건 이럴 때 쓰는 말이겠지, 하고 잠깐 생각했을 뿐이다. 이렇게 이른 시간에 서울의 도심을 걷는 건 몽인으로선 매우 드문 일이었다. 대학병원을 나선 지 삼십 분쯤 지났을 때 처음으로 이정표를 올려다보았다. 을지로3가와 종로3가로 나누어지는 지점이었다. 거기서 잠시 어디로 갈까 망설이다가 그냥 신호가 떨어지는 대로 발길을 옮겼다.

아직 문을 열지 않은 귀금속 상점들 앞을 천천히 지나갔다. 그때 지하도 입구 외벽 근처에 노숙자로 보이는 꾀죄죄한 행색의 남자 둘이 쭈그리고 앉아 있는 모습이 눈에 띄었다. 몽인의 걸음은 자연스럽게 그쪽으로 향했다.

두 남자는 바닥에다 신문지를 깔아놓고는 번갈아가며 주사위 두 개를 던지고 있었다. 한 사람이 주사위를 던진 후 무슨 이야기를 하고 나면, 이번에는 듣고 있던 상대방이 손안에서 주사위를 굴리다가 신문지 위에 던지고는 무슨 이야기를 했다. 그 패턴이 계속 반복되고 있었다.

이 두 남자의 주사위 놀이를 처음 보았을 때, 몽인은 10여 년 전 가을이 떠올랐다. 그는 그때 중국 북경의 이화원(頤和園)을 구경하고 나오다가 볕이 따뜻하게 내리쬐는 담벼락 아래에 있는 두 노인들을 발견했다. 그들은 널따랗고 긴 의자 양편에 앉아 산가지를 뽑으며 주역 풀이를 하고 있었다.

눈앞의 노숙자 남자들이 북경의 노인들보다 젊어 보이긴 했지만, 심각하기도 하고 즐거운 것 같기도 한 표정은 그 노인들과 너무도 흡사했다. (이화원 담벼락의 두 노인을 찍은 몽인의 흑백

사진 〈노년의 가을〉은 앞뒤 단어를 맞바꾼 '가을의 노년[秋日の老年]'이란 제목을 달고 일본 오사카의 한 실버타운 로비에 걸려 있다. 몽인의 작품이 외국에 걸려 있는 건 그것이 유일하다.)

몽인은 두 사람의 눈에 띄지 않기 위해 차도 쪽 지하도 외벽에 몸을 숨기고서 고개만 약간 내민 채 그들의 놀이를 계속 지켜보았다. 평소 같았으면 사진을 찍을 생각부터 했겠지만 이번에는 아니었다. 그저 그 놀이의 정체가 뭔지 궁금할 뿐이었다.

턱 아래쪽에 때에 전 마스크를 걸치고 있는 남자가 주사위를 손안에서 굴리다가 새를 쫓듯 "훠이!" 하는 소리를 내며 주사위를 허공으로 던졌다. 잠깐 허공에서 머문 주사위 두 개는 신문지 위로 떨어지더니 서로 다른 방향으로 굴러가다 멈추었다. 주사위 하나는 4를, 다른 하나는 1을 가리키고 있었다. 어떤 운세가 나올까. 몽인은 주사위를 던진 마스크 남자의 입을 응시했다. 맞은편에 앉은 남자의 주시하는 모양도 몽인의 그것과 다를 바 없었다. 묘한 긴장감이 깃든 그들 사이로 도로를 질주하는 자동차의 소음과 매연이 버르장머리 없이 끼어들고 있었다. 이윽고 마스크 남자가 입을 열었다.

"어떤 놈이 있는데, 거짓말이라면 자다가도 벌떡 일어나는 놈이야. 그런데 그놈이 하는 말이 몽땅 거짓말은 아니었지. 네 번에 한 번은 진짜 참말을 했거든. 그런데 사람들은 네 번 중에 어떤 게 거짓말이고 어떤 게 참말인지를 구별해낼 수가 없어. 어떻게 하면 참말을 구별해낼 수 있을까?"

마스크 남자의 물음에 맞은편 남자는 어쩐 일인지 이렇다 저렇다 대답을 하지 않고 신문지 위의 주사위를 집어 들고는 손바닥에 넣고 흔들었다. 몽인은 의아했다. 마스크 남자가 한 얘기의 끝이 궁금했다. 어떻게 하면 네 번 중에 한 번 들어 있다는 거짓말쟁이의 참말을 구별해낼 수 있을까? 왜 맞은편의 남자는 마스크 남자가 던진 질문에 답을 하지 않고 주사위를 집어 들었을까?

"휘이!"

마스크 남자의 맞은편에 앉은 사내가 주사위를 손에 넣고 굴리다가 허공으로 던졌다. 두 개의 주사위는 허공에서 버둥거리다 신문지 위로 떨어졌다. 몽인은 소름이 쪽 끼쳤다. 이유는 알 수 없었다. 어쩐 일인지 코끝이 아려왔다.

신문지 위에 떨어진 두 개의 주사위가 구르다 멈추었다. 둘 모두 5를 가리켰다. 마스크를 걸친 남자의 눈이 가늘어지면서 마주 앉은 남자의 얼굴을 응시했다. 주사위를 던진 남자는 뭔가를 생각하는 듯 고개를 약간 숙였다. 숙여졌던 그의 고개가 올라가면서 말소리가 들려왔다. 아스팔트와 자동차의 바퀴가 서로 밀쳐내며 만들어내는 요란한 굉음을 뚫고 남자의 말소리는 정확히 몽인의 귓속으로 날아들었다.

"어떤 놈이 있는데, 천하의 거짓말쟁이라 다섯 가지를 얘기하면 그 다섯 가지가 모두 거짓말이라. 그런데 그놈의 거짓말은 간혹 사람의 목숨을 살려내기도 했던 거라. 독립군이 숨어 있는 곳을 일본 순사한테 거짓으로 알려서 독립군을 살려내기도 했던 거라. 만약에 그놈이 가끔 참말도 하는 놈이었다면 그런 일은 있지도 않았을 거라. 그런데 그놈이 거짓으로 알린 걸 알아챈 일본 순사가 그놈을 잡아서 주리를 튼 거라. 왜 거짓말을 했냐고. 네놈이 독립군 밀정이 아니냐고. 이놈이 과연 뭐라고 했을까? 다섯 개를 얘기하면 다섯 개 모두 거짓말인 이놈이 뭐라고 했을까? 죽는다는 걸 뻔히 알면서 나, 독립군이요, 그랬을까?"

어쩐 일인지 이번에도 턱에다 마스크를 내려뜨린 남자는 아무 대답도 하지 않고 신문지 위의 주사위들을 거둬들였다. 대답을 하지 않는 건지 못하는 건지 몽인으로선 알 수가 없었다. 어쨌든 마스크 남자는 손안에서 주사위들을 굴리다 "휙이!" 하는 소리를 내뱉으며 허공으로 던졌다. 그것들은 다시 신문지 위로 떨어졌고, 몇 바퀴를 구르다 멈추었다. 공교롭게도 이번에도 둘 모두 5였다.

마스크 남자의 얼굴에 깔리는 어두운 그늘을 몽인은 흥미로운 눈으로 바라보았다. 이번에는 어떤 거짓말쟁이 이야기를 꺼내고, 맞은편 남자가 답할 수 없는 어떤 질문을 던질까?

"비둘기 다섯 마리가 날아가고 있었지."

마스크 남자의 입이 떼진 순간 몽인의 입이 딱 벌어졌다. 거짓말쟁이 이야기가 아니었다. 몽인은 뒤통수를 군홧발로 걷어차인 듯 아찔했다. 그 때문이었는지 몽인의 입에서는 "아!" 하는 탄식이 좀 크게 흘러나왔고, 꾀죄죄한 두 남자의 시선이 몽인에게로 곧장 쏟아져들었다. 몽인은 저도 모르게 몸을 외벽 뒤로 완전히 숨겼다.

"누구야?"

"얼른 못 나와?"

두 남자의 목소리가 벽 뒤편에서 거의 동시에 날아들었다.

몽인은 망설였다. 그냥 모른 척하고 가버리면 그만이었다. 잘 못이라고 해봐야 두 사람이 노는 걸 지켜본 것밖에 없었다. 하지만 그냥 가버린다면 그들이 하고 있는 게 대체 무언지 영영 알아내지 못할 거라는 생각에 걸음을 한 발짝 앞으로 뗐다.

"당신 누구……요?"

"왜 엿보고 그래……요?"

두 사람은 무슨 코미디언처럼 똑같은 말투로 말했다. 몽인의 얼굴에 번져 있는 미소는 무척이나 어색했다.

"하도 재미나게 노시길래 지나가다 그냥 좀 봤습니다."

"당신, 누구요?"

마스크 사내가 다시 물었다.

"여기 좀 앉아도 되겠습니까?"

몽인은 두 사람 사이에 엉거주춤한 자세로 쪼그려 앉았다. 서서 얘기하는 건 예의가 아닌 듯해서였다. 두 남자는 서로의 얼굴을 바라보고는 약속이나 한 듯 큼큼거리며 잔기침을 뱉었다. 마스크를 걸치지 않은 남자가 신문지 위에 놓인 주사위를 슬그머니 거둬들였다.

"궁금한 게 있는데, 여쭤봐도 되겠습니까?"

몽인의 물음에 다시 두 남자는 서로의 얼굴을 보았다.

"뭐하는 사람이……요?" 마스크 남자가 몽인을 아래위로 훑으며 물었다.

"저는, 그냥, 별다른 일은 하지 않고……" 사진가라고 하기가 내키지 않아서 몽인은 둘러댔다.

"백수."

마스크를 끼지 않은 남자가 누런 이빨을 씩 드러내며 툭 던지고는 웃었다. 앞니 둘 사이의 공간이 무척 넓어서 혀가 보일 정도였다.

"예, 뭐, 그런 셈이죠, 허허."

마스크를 끼지 않은 남자는 몽인의 말에 크게 웃었지만, 마스크 남자는 웃기는커녕 날카롭게 몽인을 쏘아보았다. 경찰관이 살인 용의자를 대하는 표정이었다.

"그래, 궁금한 게 뭐요?"

마스크를 끼지 않은 남자가 물었다.

"뭐긴 뭐야. 주사위를 왜 던진 거냐, 숫자가 나온 걸 보고 지껄인 건 무슨 얘기냐, 뭐 그딴 거지. 그렇지 않소?"

마스크 남자가 날카로운 눈길만큼이나 퉁명스럽고 도전적

으로 물었다. 몽인은 마스크 남자의 냉소적인 눈빛이 으스스하면서도 마음에 들었다. 이렇게 강렬한 눈을 만날 기회는 매우 드물다는 걸 너무도 잘 알기 때문이었다. 저 눈을 찍고 싶다, 라는 욕망조차 잠시 뒤로 물러나게 만드는 눈이었다. 몽인이 바로 그 눈을 응시하며 고개를 끄덕이자, 마스크를 걸치지 않은 남자가 몽인에게 담배 있으면 한 대 줘보라고 말했다. 몽인이 담배를 피우지 않아서 가지고 있지 않지만 원하시면 사다 줄 수도 있다고 말하자, 마스크 남자가 구차하게 왜 담배 구걸을 하냐고 나무랐다. 그게 아니라 그냥 친구가 됐으니 담배나 나눠 피우려고 한 거라는 변명이 돌아오자, 마스크 남자는 이 사람하고 언제 친구 먹었냐고 윽박질렀다.

"저 때문에 싸우지들 마십시오. 나중에 담배는 사드리겠습니다."

몽인의 말에 마스크를 걸친 남자가 맞은편 남자에게 손가락질을 했다.

"거봐, 이 친구야. 자네가 그러니까 이 사람이 금방 우릴 거지 취급하잖아."

"이 친구, 오늘 그날이야? 왜 이리 까칠하게 굴어. 존 사람 같

은데. 말투를 들어보면 몰라? 척 보면 몰라? 이런 사람은 누굴
바보 취급 하지도 거지 취급 하지도 못해. 개구리만 봐도 피해
갈 사람이잖아."

"개구리 같은 소리 하고 있네."

"쓸데없이 나한테 시비 걸지 말고 이 사람이 궁금해하는 거
나 가르쳐줘, 얼른."

마스크를 걸치지 않은 사람은 마스크를 걸친 사람보다 몇 살
은 연상인 듯 보였다. 수염이 더북하긴 했지만 너부데데한 얼
굴은 사람 좋은 인상을 풍겼다.

"뭐가 젤로 궁금하쇼?"

마스크 남자가 물었다. 몽인은 웃음이 솟는 걸 겨우 참았다.
마스크 남자는 마지못해 입을 연 것처럼 위장하고 있을 뿐, 실
은 처음부터 설명을 해주고 싶었다는 걸 몽인은 충분히 짐작할
수 있었다.

"두 분께서 하시는 이야기 속의 숫자가 주사위를 던져서 나
온 숫자와 같더군요."

"제대로 들었군. 그래서?"

"그 이야기가 예사롭지가 않던데, 뭘 상징하는 바가 있나요?

그러니까, 암시…… 같은 거, 그러니까, 뭐라고 해야 좋을지 모르겠는데, 가령 운세 같은 거, 뭐 그런 건가요?"

몽인의 말에 마스크를 걸치지 않은 남자가 웃음을 터뜨렸다. 그러나 마스크를 걸친 남자는 웃지 않고 맞은편 남자를 째려보고는 고개를 살짝 가로저으며 몽인에게 말했다.

"그런 거 없어요. 그냥 얘기지. 얘기."

"그럼, 숫자가 나오면 그 숫자를 보고 생각나는 대로 이야기를 만들었다는 말씀인가요?" 몽인의 물음에 마스크가 고개를 끄덕였다. 몽인이 다시 물었다. "어디, 뭐 책 같은 데 있는 이야기가 아니고 두 분께서 즉석에서 지으신 거라는 건가요?"

"그래요, 백수 선생." 마스크를 걸치지 않은 남자가 끼어들었다. 몽인이 그에게로 고개를 돌렸다. 그는 입맛을 다시고는 말을 이었다. "말하자면 길지만 사실 길 것도 없는 얘기인데……."

"관둬. 얘기하는 덴 젬병인 사람이."

"그래, 자네가 해. 작가 선생께서 인정하신 분께서 하시라고."

비아냥거리는 듯한 말투였지만 마스크를 걸치지 않은 남자의 넉넉한 인심이 묻어나는 말이었다. 마스크를 걸친 남자는 침을 한번 꿀꺽 삼키고는 얘기를 시작했다.

얘기는 짧지 않았다. 몇 개의 에피소드는 반복해서 등장했고, 묘사나 설명도 지나치게 치밀하고 장황해서 무척이나 인내심을 요하는 얘기였다. 얘기를 다 듣고 나서야 몽인은 '길지만 사실 길 것도 없는 얘기'라는 말이 무슨 뜻인지 알 것 같았다.

노신사

마스크 남자가 몽인에게 마치 장편소설이나 되는 듯 주저리주저리 들려준 얘기는 이런저런 곁가지들을 추리고 떼어내면 그저 손바닥 크기의 장편(掌篇)에 불과했다.

그의 얘기는 지난겨울 노숙자들이 머무는 곳에 불쑥 나타났다가 봄이 찾아올 무렵 훌쩍 사라져버린, 보통의 노숙자와는 적어도 외견상으로는 무척 다른 말끔한 차림의 한 노신사에 관한 것이었다. 그 신사는 모습을 드러낸 지 얼마 되지 않아 노숙자들 사이에서 '작가'로 통하게 되었다. 어떤 사람들은 그 신사가 진짜 작가이며, 한때 큰 출판사를 운영하다가 사람들이 워

낙 책을 읽지 않는 통에, 혹은 요즘 사람들이 좋아하지 않는 책들만 내는 바람에 출판사를 '말아먹고' 여기저기 떠돌며 사는 신세가 되었다고 했지만 사실 여부는 확인할 길이 없었다. 그런데 사실 그 노신사가 노숙자들 사이에서 작가로 통하게 된 계기는 그가 노숙자들에게 가르쳐준 주사위 놀이 때문이었다. 그러니까 몽인이 호기심 어린 눈으로 지켜보았던 두 남자의 주사위 놀이는 바로 그 노신사가 전파한 것이었다.

그 주사위 놀이는 일정 부분 끝말잇기 놀이와 비슷했다. 다만 끝말잇기에서의 '끝말'을 '이야기'가 대신한다는 점만이 달랐다. 즉 끝말잇기에서 단어를 잇지 못하면 지게 되듯이 이 주사위 놀이에선 이야기를 잇지 못하면 지게 된다. 하지만 이야기의 길이는 승패와는 무관했다. 그리고 이야기가 꼭 논리적이어야 할 필요도 없었고, 비약이 심해도 허용이 되었다. 이야기란 원래 상상의 산물이며 상상은 논리를 쉽게 뛰어넘는다는 게 작가로 통했던 노신사의 '이야기론'이었다. 결국 이 주사위 놀이의 승패를 결정짓는 것은 주사위를 던진 사람이 상대에게 이야기를 들려준 끝에 하는 질문에 상대가 답을 할 수 있느냐 없느냐에 달려 있었다. 다시 끝말잇기에 비유하자면, 그 질문에 대한 답을 말하는 것은 끝말잇기에서 상대가 이을 수 없는 단어를 제시하는 것과 같았다.

이 놀이도 다른 주사위 놀이와 마찬가지로 가위바위보로 주사위를 던질 사람을 정해 그가 주사위를 던지는 것으로 시작한다. 그러나 주사위에 나타난 숫자를 소재로 이야기를 지어내야 한다. 물론 자신이 실제로 겪은 이야기를 해도 된다. 초보자의 경우엔 주사위 하나로 이 놀이를 한다. 이력이 좀 붙으면 두 개로 노는데, 이야기 짓는 솜씨가 노련해지면 세 개나 네 개를 사용하기도 한다. 놀이에 참가하는 인원은 아무리 많아도 상관없다. 사실 인원이 많으면 많을수록 놀이는 흥미로워진다.

몽인은 문득, 그 노신사는 진짜 작가일 거라는 확신이 들었다. 그가 그 주사위 놀이를 노숙자들에게 가르쳐준 까닭은 짐작하기 쉽지 않지만, 그 놀이 자체가 소설가들이 쓰는 행위와 독자들이 읽는 행위 간의 관계와 완전히 일치하는 것 같았기 때문이다.

이야기를 끝낸 마스크의 남자를 몽인은 존경 가득한 눈으로 바라보며 조심스럽게 물었다.

"혹시 그 신사분의 성함을 기억하시나요?"

마스크의 남자는 허를 찔린 것처럼 움찔하더니 맞은편 남자에게로 눈길을 돌렸다.

"글쎄, 그게……"

"왜요? 성함을 말씀해주질 않으셨던가요?"

"아니, 그게 아니라, 워낙 많아서."

"무슨 뜻이죠?"

"많았다니까, 이름이."

몽인은 눈을 동그랗게 뜨고는 마스크를 걸치지 않은 남자와 마스크를 걸친 남자를 번갈아 보았다. 이름을 모른다면 몰라도 이름이 많다는 건 이해가 되지 않았다. 마스크를 걸친 남자는 자신 있게 이야기를 늘어놓을 때와는 달리 몽인의 눈을 피했고, 마스크를 걸치지 않은 남자는 어줍은 표정을 지으며 툭 뱉었다.

"내가 기억하는 것만 해도 세 개야."

"뭐 뭐였나요?"

"이상, 유정, 구보. 두 글자 이름만 기억해."

"그러니까 그것 말고도 또 있었다는 얘기죠?"

"아 그럼. 다섯 개는 더 될 거야."

몽인은 잠깐 생각에 잠겼다가 마스크를 걸친 남자를 흘끔 보고는 마스크를 걸치지 않은 남자에게 물었다.

"혹시, 그 나머지 다섯 개 중에 동인이라고는 없었나요?"

"아, 맞아, 있었어. 동인. 그것도 두 글자구먼."

"뭔 소리야. 그분 이름은 그것들 말고도 다 두 글자였어." 노신사의 이름 이야기가 나오면서부터 입을 꾹 다물고 있던 마스크 남자가 예의 퉁명스러운 말투로 말했다. "그리고, 다섯 개는 더 되는 정도가 아니라 수십 개도 넘어. 게다가 그것들 다……." 마스크 남자는 거기서 입을 다물었다. 의문으로 가득 찬 몽인의 눈이 마스크 남자를 향했다. 마스크 남자는 슬그머니 일어섰다. 몽인도 따라 일어났다. 잠시 후 마스크 남자가 무슨 대단한 비밀이라도 털어놓는 양 낮은 목소리로, 심지어 그때까지 쓰던 반말 투도 버리고 말했다.

"그 사람 진짜 이름은 아무도 몰라요. 누가 성함이 어떻게 됩니까, 하고 물으면 그때마다 다른 이름들을 댔으니까요. 하지만 난 알아요. 그분이 댄 이름들이 실은 모두 다른 사람들, 실제 소설가들 이름이었다는 것을요. 성을 떼어서 모두 두 글자가 된 거죠. 동리는 김동리, 만식은 채만식, 광용은 전광용. 때로는 이름 대신 호를 말했는데 그 역시 두 글자일밖에요. 상허는 이태준이고, 구보는 박태원이고, 벽초는 홍명희고."

몽인은 처음 두 노숙자의 주사위 놀이를 훔쳐보았을 때 그랬던 것처럼 온몸에 소름이 돋고 코끝이 아릿해지는 것을 느꼈다. 새까맣게 때에 전 마스크를 턱 아래에다 걸친 남자는 날카로움이 많이 무뎌진 눈으로 몽인을 바라보았다. 두 손을 주머니에 푹 찌른 그의 모습이, 문득 아득히 먼 소년 시절 형이나 누나들 책 속에서 발견했던 흑백사진 속 인물들을 연상시켰다. 이상이거나 채만식이거나 벽초거나 구보인, 또한 상허이기도 하고 동인이기도 하고 유정이기도 한 마스크 남자가 새삼스럽게 몽인에게 물었다.

"당신, 누구요?"

몽인은 대답하지 못했다. 아니, 대답할 수가 없었다. 몽인은 지금의 자신이 누구인지를, 문득, 알지 못했다. 그러나 가만히 입을 열어 여기저기 흩어진 퍼즐 조각을 맞추듯 말했다.

"몽인, 이라고 합니다."

마스크 남자가 소리를 내지 않고 입 모양만으로 몽, 인, 하고 말했다. 맞은편의 마스크를 걸치지 않은 남자는 몽인? 하며 그 이름을 의문형으로 뇌었다. 몽인이 두 사람을 번갈아 보다가, 그들의 중간쯤에다 대고 꾸벅 고개를 숙였다.

"저는 바보입니다. 아무것도 아는 게 없는, 바보요."

그렇게 말하고는 정말 바보인 듯 히죽 웃었다. 몽인이 훔쳐보다 들켰던 때처럼 마스크 남자는 다시 날카로운 눈으로 몽인을 쏘아보았고, 마스크를 걸치지 않은 남자는 푸하하, 푸하하, 통쾌하게 웃어댔다.

몽인은 그들에게 다시 꾸벅 절을 하고는 돌아섰다. 쇳덩이보다 더 단단한 것 같기도 하고 두부보다 더 부드러운 것 같기도 한 무엇이, 쓰윽 가슴 깊은 곳을 차지하는 것을 느꼈다. 몽인은 고개를 가로저었다. 그게 무언지 알아내려는 짓은 하지 않겠다는 뜻이었다.

떠나다

아디티아, 아디티

종로4가 북쪽 지하도 입구에서 몽인이 노숙자 두 사람에게 정중하게 인사를 하고 돌아섰을 때, 두 남자와 별반 다를 바 없는 꾀죄죄한 행색의 한 사내가 지하도에서 올라와 그들이 있는 쪽으로 다가왔다.

"뭐 하셔들?"

몽인이 소리가 들려온 쪽으로 고개를 들었다. 딱 꼬집어 어디라고 말하긴 곤란했지만 전체적으로 차림새가 어색하고 엉성한, 덩치가 무척 큰 사내 하나가 서 있었다. 한겨울에나 입을 법한 두꺼운 잠바와 무릎이 삐죽 나온 코르덴 바지, 끈을 느슨하게 맨 등산화는 그렇다 쳐도 어깨부터 톡 튀어나온 아랫배까지 사선으로 걸친 검정 크로스백은 나이에 걸맞아 보이질 않았고, 두 손에 낀 장갑은 눈부시게 새하얀 것이었다. 그가 걸치고 있는 하나하나가 모두 따로 노는 느낌이었다.

그를 본 순간 몽인은 수년 전 인도 바라나시에서 만났던 한 걸인 사내를 떠올렸는데, '아디티아'라는 이름을 가진 그 사내를 찍은 사진 〈엉성한 예수〉는 귀국해서 연 인도 여행 사진전 때 유일하게 팔린 작품이었다. 게다가 무척 높은 값이었다. 사실 그 사진전에 전시된 작품들 중 거의 절반은 아디티아와 그의 무리, 혹은 그가 주로 활동하던 곳이나 떠돌아다니던 곳을 찍은 것들이었다. 나중엔 무척 친해져서 '아디'라고 부르기도 했던 그 걸인 사내가 몽인의 주목을 끈 것은 무엇보다 그의 용모 때문이었다. 구불구불한 긴 머리와 덥수룩한 수염, 깎아놓은 듯한 얼굴 윤곽은 처음 보면 대뜸 예수를 연상시켰다. 하지만 불룩 튀어나온 배, 늘 걸치고 있던 담요처럼 생긴 화려한 색상의 때 절은 웃옷, 열 개도 넘을 듯한 치렁치렁한 목걸이들 때문에 그의 모습은 어딘지 어설펐다. 그래서 그의 사진에 '엉성한 예수'라는 제목을 붙인 것이다.

갑자기 나타난 덩치 큰 노숙사 사내에게서 인도의 걸인 사내를 떠올린 탓인지 몽인은 저도 모르게 웃음이 터졌다. 그러자 사내의 눈빛이 몽인에게로 건너왔다.

눈곱이 잔뜩 낀 사내의 눈빛은 서늘하지만, 마스크 남자의 그것과는 달리 전혀 매섭지가 않았다. 몽인은 태어나 누구와 주먹다짐을 해본 적이 없었지만, 그 사내가 싸움을 걸어온다면 이길 수 있을 것 같았다. 덩치만 큰 어린애 같다고나 할까. 몽인은 다시 웃음이 솟았다. 그때 사내의 목소리가 몽인의 귓속으로 날아와 박혔다.

"썹탱이 새끼, 쪼개긴."

몽인은 그 거친 단어들 중 '새끼'라는 말만 겨우 알아들었지만 겁이 나지는 않았다. 사내에게 가볍게 목례를 하고는 그를 피해 옆으로 돌아가려는데 지하도에서 또 다른 누군가가 올라오고 있었다. 이번엔 여자였다. 한눈에 보기에도 노숙자 티가 물씬 풍겼다. 짧기는 했지만 푸석한 머리와 씻기는 한 듯 보였지만 땟국이 잘잘 흐르는 화장기 없는 얼굴, 품이 잘 맞지 않는 윗옷과 흙물이 튄 바지, 껌정이가 군데군데 묻어 있는 하늘색 스니커즈는 사내의 엉성한 차림새와 무척 닮아 있었다. 하지만 몽인의 눈과 마주친 여자의 눈만큼은 크고 또렷해서 그 모든 어색함을 지워버릴 정도였다. 그 때문인지 여자의 나이는 그리 많아 보이지 않았다. 몽인은 그녀에게도 살짝 고개를 숙여 보이고는 지하도 입구를 벗어났다.

"오늘 아침엔 순대를 뭘로 채운다?"

뒤편에서 몽인으로선 쉽게 알아들을 수 없는 소리가 들려왔다. 몽인이 슬그머니 그쪽으로 고개를 돌리니, 덩치 큰 사내와 여자가 서로 마주 보며 웃고 있었다. 몽인이 혼잣말로 중얼거렸다.

"저 여자는 아디티겠군."

인도 신화에 따르면 아디티는 아디티아를 낳은 여신이다. 하지만 몽인이 바라나시에서 만났던 걸인 사내 아디티아와 늘 함께 다니던 아디티는 그의 어머니가 아니라 여자 친구였다. 방금 지하도에서 올라온 눈이 큰 젊은 여자도 덩치 큰 노숙자 사내의 여자 친구로 보였다. 몽인은 카메라 셔터를 누르듯 자신의 눈을 깊게 한번 꾸욱, 감았다 떴다.

조지 오웰

거리는 조금씩 복잡해지고, 복잡해진 만큼 좁아졌다. 아침부터 웬 사람들이 이렇게 많은 것인지 몽인은 이해가 가질 않았다. 여느 때의 이 시간은 몽인에겐 아직 새벽이었다. 이불 속에서 새우처럼 몸을 구부린 채 봄의 손을 조몰락거리거나, 일이 있어 봄이 외출을 했다면 어김없이 새로 잠에 빠져 들어갈 시간이었다. 그는 조금 전부터 계속 자신의 오른편에 놓인 건물들을 아래위로 훑으며 걷고 있었다. 출출하기도 했지만 요의 때문이었다.

몽인은 5층짜리 잡거빌딩으로 들어섰다. 1층에 수제 빵집과 커피숍이 같이 있는 건물이었다. 빌딩 안으로 들어선 몽인은 화장실부터 찾았다. 화장실은 1층 맨 안쪽에 있었다. 신사용 화장실의 소변기 앞으로 걸어가던 몽인은 뒤가 묵직해지는 걸 느꼈다. 그는 우두커니 선 채로 좌변기가 있는 칸을 바라보며 고민에 빠졌다. 큰 걸 해결해야 했지만 문제는 빈손이었다. 변비가 심해 화장실에 한번 들어가면 삼십 분은 좋이 걸리는 몽인으로선 손에 읽을거리가 없다는 사실이 큰 낭패였다. 하지만 좌변기 쪽을 선택할 수밖에 없었다. 작은 걸 해결해도 큰 걸 해결하지 못하면 해결이라고 할 수 없기 때문이었다.

좌변기에 걸터앉았지만 역시 똥은 아랫배에 단단히 걸려 나올 생각을 하지 않았다. 몽인은 휴대폰을 꺼내 만지작거리기 시작했다. 수신 메시지 함을 열어 저장된 문자메시지들을 읽은 다음 발신 메시지 함을 열어 그동안 자신이 보낸 문자메시지들을 읽었다. 아무런 감흥도 일지 않았다. 딱 하나, 살짝 마음의 호수에 작은 파문이 인 것은 있었다. 자신이 봄에게 보냈던 것인데, 날짜를 확인하니 거의 1년 전쯤의 것이었다. 봄의 생일을 기억하지 못해 봄으로부터 헤어지자는 얘기를 들었을 무렵이었다. 사실 몽인은 자신의 생일조차 기억하지 못하는 사람이었다. 태어나고, 결혼하고, 죽는 것을 중요하게 생각하지 않는 건 아니지만 그런 일이 일어난 날을 특별히 기억해야 할 필요성은 못 느끼는 사람이었다. 때문에 당시 그가 봄에게 보낸 문자메시지는 유몽인이라는 사람의 본래 모습과는 너무도 거리가 먼 내용이었다. 어쩌면 그래서 몽인은 그 메시지를 1년 넘게 지우지 않고 저장해두었는지도 모른다.

바람이 나무를 흔드는 것은
나무를 괴롭히는 게 아니라
그 나무를 살아 있게 한다

몽인은 휴대폰의 전원을 끄고 아랫배에 힘을 주다가 엉덩이 밑이 빠지는 것 같아 얼른 힘을 뺐다. 몽인에겐 시간을 보낼 수 있는 뭔가가 필요했다. 화장실 안을 천천히 둘러보니, 정면에 엽서 크기만 한 코팅된 종이가 붙어 있었다. 코스모스가 피어 있는 들판을 찍은 사진 아래에 시 같은 것이 적혀 있는 종이였다. 오른쪽 벽에는 '전화번호와 애인 구함', 'J K ♥ H J' 같은 낙서가 씌어 있었고, 그 옆에는 사설 대출업체의 스티커가 붙어 있었다. 왼쪽으로 고개를 돌리자 또 다른 대출업체의 스티커 두 개가 아래위로 약간 겹쳐져서 붙어 있었다. 아무것도 씌어 있지도 붙어 있지도 않은 뒷벽까지 살펴본 몽인은 다시 정면을 향했다. 몽인은 엽서 크기의 코팅된 종이 안에 박혀 있는, '삶을 변화시키는 인생관'이라는 제목의 글을 천천히 읽기 시작했다.

관광지에 위치한 호텔은 같은 평수의 방이라도

전망에 따라 가격 차이가 상당히 납니다.

똑같은 설계에 똑같은 재질을 사용하고,

똑같은 평수에 똑같은 인테리어를 했어도

어느 쪽에 방을 만드느냐,

객실에서 창밖을 내다볼 때 바다가 잘 보이느냐,

산이 잘 보이느냐에 따라 가격 차이가 납니다.

우리 인생도 마찬가지입니다.

조지 오월은 천재적인 머리를 가졌으나

부정적인 인생관 때문에 생긴 우울증과 폐결핵으로
젊은 나이에 인생을 마감했습니다.
그러나 엘리너 루스벨트는 어릴 때 고아가 되었으나
미국의 역대 대통령 부인들 가운데
가장 호감이 가는 여성으로 손꼽히게 되었습니다.
벌은 물을 마셔서 꿀을 만들고,
뱀은 물을 마셔서 독을 만든다는 말이 있습니다.
어떤 인생관을 갖느냐에 따라 인생이 달라집니다.
지금 당신의 마음의 창을 열면 어떤 곳이 보이나요?

마지막 문장을 읽은 것과 몽인의 몸에서 뭔가가 쑥 빠져나온 것은 거의 동시였다. 몽인은 저도 모르게 꿀꺽, 하고 침이 삼켜졌다. 오래전의 기억이 났다. 고등학교 영어 시간이었다. 발음이 시원치 않았던 영어 선생은 유별나게 조지 오웰에 대해 많은 얘기를 해주었다. 몽인이 읽은 몇 안 되는 소설 목록 중에 조지 오웰의 『1984년』이 들어 있는 것은 순전히 그 영어 선생 덕분이었다. 그 영어 선생은 영어권 소설가 중에서 자신이 가장 훌륭하다고 생각하는 소설가는 조지 오웰이라고 말했었다.

윌리엄 포크너도 좋고 어니스트 헤밍웨이도 좋고 서머싯 몸도 좋지만, 조지 오웰이 최고라고 했다. 그 이유는 바로 세계를 고통스럽게 바라보고 그 세계가 안고 있는 아픔을 자신 안으로 끌어 들여왔기 때문이라고 했다. 영국의 식민지였던 버마에 경찰관으로 파견되어 갔을 때의 자기 번민과 영국 제국주의에 대한 혐오가 적나라하게 드러나 있는 오웰의 에세이 〈코끼리를 쏘다〉의 영어 원문을 복사해 꼭 읽어보라며 나누어 주었던 기억이, 기억하는 일에는 그다지 신통치 못한 몽인의 머릿속에도 또렷하게 남아 있었다.

몽인은 오른쪽 벽에 붙은 화장지를 끌어당겨 왼손에다 둘둘 말았다. 그 화장지로 엉덩이를 닦고, 엉덩이를 닦은 화장지를 변기에다 넣고, 일어나 팬티를 끌어 올리고, 팬티를 끌어 올린 다음 바지를 끌어 올리고, 바지의 지퍼를 채우고, 허리띠를 조였다. 그러곤 변기의 뚜껑을 닫고 뒤쪽에 붙은 빳빳한 자지처럼 일어서 있는 일자 레버를 발로 꾹 밟았다. 폭포수가 쏟아지는 것 같은 소리를 내며 오물이 씻겨 내려갔다.

몽인은 채워져 있던 문고리를 풀고 문을 열고 밖으로 나왔다. 변기 칸을 빠져나온 몽인은 화장실 출입구 쪽의 세면대로 걸어가 수도꼭지의 레버를 들어 올렸다. 물이 쏟아졌다. 손에 물을 묻힌 다음 수도꼭지의 레버를 내렸다. 물이 끊어졌다. 그런 다음 수도꼭지 옆에 붙은 거품용 비누의 레버를 당겨 비누 거품을 손에 담아 천천히 문질렀다. 그러곤 다시 수도꼭지의 레버를 들어 올려 쏟아지는 물에 비누 거품이 묻은 손을 씻었다. 손을 씻은 다음 수도꼭지의 레버를 내려 물을 끄고, 물기 묻은 손을 몇 번 허공에다 털었다. 세면대 우측에 붙은 건조기에 물기 묻은 손을 집어넣었다. 건조기는 작동하지 않았다. 건조기의 전원 버튼에 불이 들어와 있지 않았다.

몽인은 화장실 출입문 앞에서 꽤 오래 서 있었다. 머리가 상당히 벗겨진 어떤 남자가 화장실 문을 열고 들어오다가 몽인을 보고 몸을 움찔하더니 몽인을 흘끔거리며 소변기로 걸어갔다. 몽인은 화장실 문을 열고 밖으로 나갔다. 화장실을 나온 몽인은 반들반들한 대리석이 깔린 빌딩의 복도를 천천히 걸어갔다. 따뜻한 빵 냄새가 풍겨왔다. 빵 냄새 안에 알싸한 커피 향이 섞여 있었다. 화장실 쪽에서 물이 쏟아지는 소리가 들려왔고, 문이 열렸다 닫히는 소리가 들려왔다.

몽인은 뒤로 돌아섰다. 그러고는 걸었다. 머리가 상당히 벗겨진 남자가 스쳐 지나갔다. 몽인을 스쳐 지나간 남자는 고개를 돌려 몽인을 보았다. 몽인은 화장실 출입문을 열고 들어갔다. 그러고는 망설이지 않고 자신이 볼일을 보았던 칸으로 들어가 문을 걸어 잠갔다.

"씨발……."

코팅한 종이는 잘 떼어지지 않았다. 몽인의 입에서 욕이 나왔다. 어쩌면 그 욕은 30년 만에 처음으로 하는 것일지 몰랐다. 초등학교 3학년인가 4학년이었을 때, 교실로 들어온 담임선생님이 아이들에게 착한 어린이상을 받을 친구를 추천하라고 말했다. 아이들은 마치 약속이나 한 듯 "유몽인!"이라고 외쳤다. 몽인은 싫었다. 이유는 간단했다. 자신은 착한 어린이가 아니었다. 몽인은 위기에 빠져든 자신을 구해내야 한다고 생각했다. 그는 주위를 둘러보다가 가장 친한 친구를 보았다. 그러곤 다짜고짜 그 친구에게 말했다. "씨발, 너 지우개 빌려 간 거 안 줄 거야? 씨발." 착한 어린이상의 추천은 취소되었다.

화장실을 빠져나온 몽인은 복도 한편에 놓인 커다란 쓰레기통에다 손에 들고 있던 코팅이 된 '삶을 변화시키는 인생관'을 집어넣었다.

낙타

아홉시가 지나 있었다. 멀리 광화문 사거리가 보였다. 제법 멀리 걸어왔는데, 다리가 아프지 않았다. 몽인은 문득 겁이 좀 났다. 자신이 정말 끈이 풀리는 바람에 평화롭게 풀을 뜯던 풀밭에서 벗어난 흑염소가 된 기분이었다. 그 흑염소는 깊은 강을 건너서 마침내 모래사막으로 들어섰다. 주인의 집으로 돌아가기에는 너무 멀리 왔다고 생각했을 때 낙타를 만났다. 흑염소는 저 낙타도 자신의 처지와 같을 거라 생각하고는 말했다.

"우리, 친구 하자."

낙타가 긴 속눈썹을 우아하게 깜빡이며 대답했다.

"그건 불가능해. 넌 이제 곧 죽을 테니까. 여긴 네가 뜯어 먹을 풀이 많지 않아."

몽인은 낙타처럼 키가 껑충한 누런 건물을, 처음 낙타를 만난 흑염소처럼 신기한 눈으로 바라보았다. 그러다가 그는 교보문고라는 낙타의 몸 안으로 들어갔다.

서점 여직원

몽인이 계산대 위에 책을 내려놓고 지갑에서 만 원짜리 지폐 한 장을 꺼내자, 여직원이 어색하게 웃으며 몽인에게 말했다.

"고객님, 이건 표지가 없네요. 다른 걸로 갖다 드리겠습니다."

"아뇨. 그냥 주세요."

"고객님, 이 책은 겉표지가 따로 있는데 이건……"

"압니다. 겉표지가 있다는 거."

"예?"

"제가 벗겨냈어요."

여직원의 얼굴이 밝아졌다. 하지만 어색한 웃음은 지워지지 않았다.

"하드커버 표지를 불편해하시는 분들이 간혹 있으시지만 표지를 벗기고 사시는 분은 고객님이 처음이네요."

몽인의 눈이 여직원에게로 건너갔다. 서른 살쯤 되어 보이는 짧은 머리의 여자였다. 몽인이 바라보자 여자의 얼굴에서 웃음이 사라지고 굳은 표정으로 바뀌었다. 여자는 괜한 얘기를 꺼냈다고 자책을 하는 중이거나 웬 미친놈한테 잘못 걸렸다고 생각하거나, 둘 중의 하나일 거라고 몽인은 생각했다.

"이 소설 읽어봤어요?"

"『막다른 골목에 사는 남자』, 예, 읽어보진 않았지만 알고는 있습니다, 고객님." 느닷없는 몽인의 질문에 여자는 별로 당황하는 기색 없이 바코드 리더기를 작동시키면서 말했다.

"아가씨." 여자가 눈을 동그랗게 뜨며 몽인을 바라보았다. 또 무슨 일이냐는 표정이 역력했다. "아가씨 부모님이 아가씨를 불렀는데, 아가씨가, 예, 고객님, 하고 말한 적 있죠?"

여자의 한쪽 입꼬리가 살짝 비틀려 올라갔다. 여자의 입술이 조그맣게 움직이고 있었지만 소리는 들리지 않았다. 몽인은 여자가 분명 무슨 말인가를 했을 거라고 확신했다. 몽인이 확신한 또 다른 하나는 그녀가 욕을 했을 거라는 거였다. 확인하고 싶었다.

"아가씨, 내가 미친놈처럼 보이죠?"

여자의 표정은 거짓말처럼 금세 정돈되었다. 구김 하나 없이 깨끗하게 다려진 여자의 유니폼과 그녀의 정돈된 표정은 무척 잘 어울렸다.

"적립 카드 있으십니까, 고객님?"

몽인이 고개를 저었다.

"고객님, 만 원 받았습니다."

짙은 고동색의 캐시 박스가 열리고 여자의 손이 1,000원짜리 지폐 한 장과 500원짜리 동전 하나를 집어 들었다.

"이 책을 보물처럼 여기는 여자가 있어요. 그 여잔 이 책을 볼 때 표지를 떼놓고 봤어요. 그래서 난 이 책이 흰색 표지인 줄 알았죠." 몽인을 외면하고 있던 여자의 얼굴이 몽인에게로 돌아왔다. 몽인은 여자의 손에 들려 있던 1,500원을 받아 들고는 말을 이었다. "어느 날 책꽂이에 똑같은 제목의 책이 꽂혀 있는 걸 봤는데 녹색 표지였어요. 그래서 내가 그 여자에게 이 책의 표지가 원래 흰색이 아니었냐고 물었어요. 그랬더니 여자는 나를 돼지라고 불렀어요. 아무것도 모르는 돼지."

흥미롭게 몽인의 얘기를 듣고 있던 여자의 표정이 또 어색하게 변해갔다. 돼지, 라는 말이 나온 때부터였다. 여자의 표정에는 아랑곳하지 않고 몽인은 계속 얘기를 했고, 여자는 또 반신반의하는 얼굴로 몽인의 얘기를 들었다.

"이제 나는 그 여자를 떠나려고 합니다."

그러고는 몽인은 갑자기 입을 다물었다. 계산대의 여자도 표정이 굳어버렸다. 무슨 얘기를 해야 한다는 생각이 들었는지 여자는 입술을 몇 번 오물거렸지만, 마른침이라도 삼키는 듯 목이 위아래로 움직일 뿐 아무런 말을 하지 못했다. 몽인 역시 말이 없었다. 누군가가 그들을 지켜보고 있었다면 사랑하는 남녀의 이별 장면이라고 착각할 만했다.

"왜……요? 그 여자분께서 고객님을, 돼지……라고 불러서요?"

여자의 표정은 무척 진지했다. 그러고 보니 여자는 처음부터 몽인의 얘기를 자신을 놀리기 위해 지어낸 것이라고 생각한 것 같지가 않았다. 오히려 여자는 몽인이 무척 진지한 사람이고, 그가 심중에 담긴 이야기를 털어놓을 사람을 찾다가 드디어 자신을 발견하고는 고백하듯 털어놓았다고 생각하는 듯했다.

"아닙니다." 몽인이 고개를 강하게 저었다. "그 여자가 돼지와 함께 사는 걸 더 이상 내버려두고 싶지 않아서요."

"아……."

여자의 입술이 살짝 벌어졌다 닫혔다. 몽인의 착각인지 몰라도 여자의 눈에 물기가 고인 것 같았다.

"그럼, 고객님께서 이 소설책을 사시는 이유가 혹시……?"

"혹시?"

"그 여자분과 헤어지긴 하지만 돼지로 남고 싶지는 않다는 뜻인가요?"

"그 반댑니다."

몽인의 고개가 강하게 흔들렸고, 서점 카운터의 여자가 호기심 가득한 눈으로 몽인을 쏘아보았다.

"반대라면⋯⋯?"

"난 이 책을 읽지 않을 겁니다. 읽지 않고 그냥 둘 겁니다. 여자가 생각나면 책을 꺼내 볼 겁니다. 물론 읽진 않고 그냥 볼 겁니다. 그때마다 난 내가 돼지라는 걸 확인하겠지요. 내가 돼지라는 걸 가르쳐준 그 여자에게 고마워할 겁니다. 진심으로. 난 돼지입니다."

카운터의 여자는 확실히 당황하고 있었다. 하지만 그녀의 당황한 얼굴은 몽인에겐 몽인을 측은해하는 것으로 느껴졌다. 이해가 갔다. 그러나 자신을 돼지라고 처음 만난 여자에게 말할 수 있는 자신이 몽인은 오히려 대견스러웠다. 그리고 정말 봄을 떠날 수 있을 것 같았다. 지난 2년의 꿈같았던 세월이 정말 꿈처럼 느껴졌다. 공허했다. 아침의 따뜻한 공기 속에서 조몰락거리던 손이 누구의 손이었는지, 암실 작업을 마치고 그 어두운 '카메라 옵스큐라'를 나왔을 때 환하게 웃으며 녹차를 우려내던 젊은 여자가 누구였는지 알 수가 없었다. 그것은 물론 봄이었다. 그러나 그 봄은 누구였던가. 자신이 알고 있던 봄이 아니었다면 그건 봄이 아니었다. 그는 꿈속의 여자를 사랑하고, 꿈속의 여자와 사랑을 나누고, 꿈속의 여자에게 사랑을 속삭였을 뿐이었다. 실제의 봄은 몽인이 아는 봄이 아니었다. 돼지가 사랑한 여자가 아니었다.

"그런데 고객님, 혹시, 무슨 일을 하시는 분인지 여쭤봐도 될까요?"

카운터의 여자는 정중하고 조심스럽게 물었다. 몽인은 그녀의 얼굴을 한참이나 말없이 바라보았다. 그러고는 슬그머니, 마치 도망치듯 입을 뗐다.

"꿀꿀."

몽인은 소설책을 손아귀에 틀어쥐고는 아주 빠른 걸음으로, 정말 도망이라도 치듯, 서점을 벗어났다.

모르는 사람들

　낙타처럼 누런 빌딩을 빠져나온 몽인은 해장국집들이 늘어선 거리를 지나 종로구청을 끼고 조계사 골목으로 들어섰다. 조계사 경내로 들어선 몽인은 거대한 신상(神像)처럼 서 있는 회화나무 아래에 한참이나 앉아 있었다. 움이 트기 시작한 가지들마다 새들이 날아와 조잘거리는 모양을 보며 몽인은 카메라의 셔터를 누르듯 여러 번 눈을 깊게 감았다가 떴다. 몽인은 마치 세상에 태어나 처음으로 빛과 소리와 형상을 마주친 아기처럼 오감을 활짝 열고 주위를 살폈다. 하늘에서 떨어지는 햇볕과 그 햇볕을 차단한 나무가 만들어낸 그늘은 뚜렷한 경계를 가지고 있었지만 서로 다른 두 개가 아니었다. 그들은 서로 잇닿아 하나를 이루고 있었다. 회화나무 그늘 정면에 있는 대웅전의 목탁 소리와 스피커에서 울려 나오는 녹음된 법구경 읊는 소리, 그리고 절과 연해 있는 도로로부터 끊임없이 밀려오는 자동차 소음 역시 서로 연결된 세 개의 커다란 고리처럼 맞물려 있었다. 한 소리가 귀에 들어오면 다른 두 소리가 잦아들었고, 잦아든 소리 중 하나가 볼륨을 높이면 나머지 두 소리가 스스로 볼륨을 줄였다. 전혀 다른 무늬와 빛깔을 가진 세 개의 음

향은 어느 순간 절묘하게 화음을 이루며 허공을 떠다녔다. 그 사이로 누군가의 재채기 소리가 끼어들었다 사라지고, 자동차가 급정거하는 짧고 다급한 고음이 섞였다 풀렸지만 그 절묘한 화음은 깨지지 않았다.

회화나무 그늘 속에 꽤 오래 앉아 있었던 몽인은 몸을 한 번 부르르 떨고는 벤치에서 일어나 조계사 경내를 벗어났다. 걸음의 속도는 거대한 누런 낙타의 몸을 빠져나올 때에 비하면 무척이나 느려져 있었다. 몽인이 횡단보도를 건너 먹물 옷이 내걸린 불교용품 가게 골목으로 들어서기 무섭게 소나무 향기 같은 게 폐부 깊숙이 스며들었다. 그는 사방을 두리번거리며 그 향기를 추적했다. 마침내 그 향기의 근원지를 찾을 수 있었다. 골목 안쪽에 있는 어느 목각 공방 창으로부터 향 연기가 새어 나오고 있었다. 공방 문은 닫혀 있었다.

길고 구불구불한 골목을 빠져나온 몽인은 잠시 걸음을 멈추고 인사동 거리의 좌우를 천천히 훑어보았다. 그러곤 왼편으로 길을 잡았다. 자신의 집이 있는 가회동 쪽이었다. 그 길을 지나는 동안 몽인은 별스럽게 새로운 감회가 솟지도, 과거의 기억들이 떠오르지도 않았다. 다만 상쾌한 기분이었다. 하지만 그

상쾌함은 가슴이 뛰거나 설레는 것과는 달랐다. 그것은 일테면 평온함이었다. 자신의 사진전이 열렸던 갤러리 앞을 지나가면서도 그 평온함은 깨지지 않았다.

　더러 아직 문을 열지 않은 가게들도 있었지만 거리는 활기를 띠고 있었다. 벌써 제법 많은 사람들이 거리를 오가고 있었다. 서양 사람들도 끼어 있었고, 일본인이나 중국인으로 짐작되는 사람들도 있었다. 몽인은 그들의 얼굴을 마치 아는 사람 찾아보듯 하나하나 확인하면서 걷다가, 그 모두가 알지 못하는 사람들이라는 사실에 너무 좋고 행복한 기분이 들었다. 여태까지 해본 적이 없는 경험이었다. 사진을 찍을 대상을 찾아 두리번거리다보면 눈에 들어오는 것은 하나같이 한 번도 만난 적 없지만 이미 오래전부터 알아왔던 얼굴들이었다. 즉 몽인에게 있어 사진을 찍는다는 것은 기억이라는 비물리적 존재를 물리적으로 프린팅해내는 작업과 같았다. 그래서 몽인은 가끔 사진을 찍을 때면 자신이 신처럼 느껴졌다. 신에게는 낯선 것이 없기 때문이다. 그러나 오늘 이 4월의 아침, 카메라를 들지 않은 자신의 눈에 들어오는 모든 사람들의 얼굴은 낯섦 그 자체였다. 그는 더 이상 신을 생각하지 않았다. 낯선 사람들 속에서 그 역시 낯선 한 존재인 것으로 충분했다.

칸트 할아버지

"오늘은 카메라가 없네?"

31번지 골목으로 돌아들었을 때 오르막을 오르느라 바닥으로 숙이고 있던 몽인의 머리 앞쪽에서 좀 쉬긴 했지만 또렷한 남자의 목소리가 박혀들었다. 목소리를 듣는 순간, 몽인은 그 목소리의 주인이 누구인지 알았다. 하지만 다음 순간, 아니라는 생각이 들었다. 그 목소리가 들려올 시간이 아니었던 것이다. 지난 2년 동안 가회동 31번지 골목에서 그 목소리와 마주친 것은 아마 쉰 번은 될 텐데, 그 쉰 번 모두 어김없이 오후 세시였다. 그런데 그 시간이 되려면 아직 다섯 시간을 더 기다려야 했다. 몽인이 고개를 들었다.

"칸트 할아버지 맞네요. 그런데 이 시간에……"

차림은 똑같았다. 남대평이라는 독특한 이름을 가진 77세의 할아버지는 쉰 번이나 몽인이 마주쳤을 때의 모습과 전혀 다를 바 없었다. 그는 봄이나 가을이면 항상 자주색이나 회색 카디

건 안에 체크무늬 셔츠를 받쳐 입고, 아래에는 품이 넉넉하지만 전혀 헐렁해 보이지 않는 모직 바지를 입었다. 신발은 언제나 쥐색 효도신발이었다. 오늘의 남대평 할아버지도 여느 때와 마찬가지였다. 자주색 카디건에 푸른색과 엷은 분홍색이 섞인 체크무늬 셔츠, 황토색 모직 바지와 바닥이 두툼한 효도신발까지.

"왜 이 시간에 나왔느냐, 이거지?"

"글쎄 말예요, 이 시간에."

"칸트가 노망을 한 거지, 하하."

원래 농담을 잘하는 양반이었지만 노망이라는 단어는 듣기 불편했다. 칸트 할아버지와 철학자 칸트는 꽤 여러 가지 공통점을 가지고 있었다. 오후 세시가 되면 외출한다는 것은 물론이고, 철학자 칸트가 평생 고향 쾨니히스베르크를 떠나지 않았듯이 남대평 할아버지는 가회동 한옥마을을 평생 떠나지 않고 있었다. 남대평 할아버지의 전공은 철학이 아닌 문학이었지만 모교인 대학에서 은퇴할 때까지 학생들을 가르쳤다는 점도 철학자 칸트와 다를 바 없었다.

"궁금하네요, 선생님. 이렇게 이른 시간에 어쩐 일로 산책을 나오셨는지."

칸트 할아버지는 뒷짐을 진 채로 홀쭉한 배를 쑥 내밀고는 몽인을 이윽히 바라보았다.

"사진가 선생도 의외구먼. 이런 시간에 바깥에 나오다니. 늘 끼고 다니던 카메라도 없이 말이야."

"그러네요, 정말. 그렇지만 저야 무슨 사연이랄 게 있겠습니까. 그러지 마시고 선생님 사연을 좀 들려주시죠."

칸트 할아버지는 몽인의 웃는 얼굴을 따라 빙긋이 웃고 나서야 비로소 얘기를 시작했다.

"죽은 할망구 산소엘 좀 가려고."

"아."

칸트 할아버지의 아내는 지난해 크리스마스 무렵에 세상을 떠났다. 폐암이었다. 몽인은 할아버지와 함께 산책 나온 그 할머니를 가끔이나마 만난 적이 있었는데, 작고 마른 체구였지만 눈매가 매섭고 강단이 느껴지는 인상이었다. 길지도 짧지도 않은 파마머리는 염색을 전혀 하지 않아 백발이 성성했다. 그녀는 소설을 잘 읽지 않는 몽인도 알 만큼 유명한 소설가였다. 그녀가 소설가라는 사실은 산책 중에 연신 담배를 손가락에 끼고 있었다는 사실과 자연스럽게 연결되곤 했었다.

몽인은 대꾸할 말을 잊었다. 갑자기 죽은 아내가 보고 싶어진 일흔일곱 살 남자의 마음을 정확히 헤아리기엔 몽인으로선 살아온 세월이 너무 짧았다. 그런데 할아버지의 얼굴에 그늘이 덮이면서 불쑥 꺼낸 얘기는 좀 다른 것이었다.

"사진가 선생, 발표한 작품과 발표하지 않은 작품이 다르오?" 몽인이 무슨 뜻인지를 이해하지 못해 멀뚱한 표정을 짓고 있자 칸트 할아버지가 얼른 덧붙였다. "그러니까, 발표를 하지 않은 작품은 발표를 하지 않을 만한 어떤 까닭이 있을 테니 어디까지나 작품이 아닌 거다, 아니면 단지 발표를 하지 않았을 뿐 엄연히 작품이다, 둘 중에 어떤 거냐 이걸 묻는 거요."

"그건, 뭐, 전자일 수도 있고 후자일 수도 있는 거 아닌가요."

"안 되겠군. 자, 사연은 이렇다오." 칸트 할아버지는 잘 들어보라는 듯, 듣고 나서 꼭 의견을 주기 바란다는 바람을 가득 실어 목소리를 내려놓았다. "아내에게 발표를 하지 않은 원고가 있다는 말이지. 말하자면 유고지. 그걸 어떻게 알고 출판사 사람이 자꾸 그걸 출간하자고 얘기를 한단 말이거든. 그런데 살아 있을 때 아내는 그 원고에 대해서 말한 적도 없거니와 죽고 나거든 책으로 내라든가 마라든가, 이런 말도 한 적이 없단 말

이야. 자기가 쓴 일기는 절대로 책으로 내지 마라, 죽어서 화장
할 때 같이 태워달라, 그런 적은 있어요."

몽인은 저도 모르게 침이 꿀꺽 삼켜졌다.

"그러면, 그렇게 하셨나요?"

"그럼. 유언이잖아." 당연하다는 듯 말하고는 칸트 할아버지
가 말을 이었다. "유고가 있으니 그것도 일기처럼 태워버려라,
그러질 않았으니 내가 이렇게 헷갈려 하는 거란 말이지. 사진
가 선생 같으면 어떻게 하겠소?"

난감했다. 그 난감함은 참으로 몽인답지 않은 태도였다. 하
루 전의 몽인이었다면 답은 뻔했다. 지금이라도 태워버리라는
것이었다. 죽은 뒤의 원고 따위가 뭐가 그리 중요하냐는 게 평
소 몽인의 생각이었다. 그러나 지금 몽인은 그렇지 않았다. 하
루 만에 갑자기 모든 게 중요해져버린 때문이 아니었다. 그건
자신이 판단할 문제가 아니었다.

"칸트 선생님." 부드럽고 온화한 일흔일곱 노인의 눈이 몽인
에게로 건너왔다. "저 같아도 사모님 산소엘 다녀와야겠다고
생각했을 거 같습니다. 거기 가면 사모님께서 대답을 해주실
것 같아서요."

"허허, 사진가 선생도 그런 생각이란 말이지? 허허, 그래."

"조심히 다녀오십시오."

몽인은 칸트 할아버지에게 고개를 꾸벅 숙였다.

"고마워, 사진가 선생."

칸트 할아버지는 뒷짐을 졌던 손을 앞으로 내밀어 몽인에게 악수를 청했다. 몽인은 얼른 손을 내밀어 칸트 할아버지의 손을 잡았다. 할아버지의 다른 한 손엔 누런 봉투가 들려져 있었다. 그 안에 유명한 할머니 소설가의 발표하지 않은 원고가 들어 있을 거라고 몽인은 생각했다. 누런 봉투의 겉봉에는 검정 사인펜으로 '遺稿'(유고)라는 한자가 달필로 씌어 있었다.

고요한 인간

칸트 할아버지의 모습이 골목 밖으로 사라질 때까지 몽인은 그 자리에 서 있었다. 그러고도 한참이나 그는 자리를 떠나지 못했다. 갑자기, 돌아보면 소금 기둥이 되어버린다는 저주가 내린 것처럼 몽인은 꼼짝하지 않았다.

바람이 불어왔다.

"세상에는 두 종류의 태풍 같은 사람이 있지."

누구였더라. 칸트 할아버지였던 것 같다. 여름이 끝나고 가을이 시작된 어느 날이었다. 그 얘기를 해준 사람이 정말 칸트 할아버지였다면 그때는 오후 세시였을 것이다. 늦은 태풍이 상륙해 바람이 거칠었고 비가 흩뿌리고 있었다.

"하나는 태풍처럼 거친 바람을 일으키는 사람이고, 다른 하나는 태풍처럼 엄청난 비를 퍼붓는 사람이야. 하지만 이 태풍 같은 사람들 중에는 딱 한 사람, 다른 종류의 인간이 있어. 어떤 사람인 것 같나?"

칸트 할아버지가 아닐지도 모른다. 몽인은 그 얘기를 들려준 사람이 어쩌면, 칸트 할아버지의 소설가 아내였을 거라는 생각이 문득 들었다. 고작 반년쯤 전에 들은 얘긴데 기억이 너무 흐릿했다. 비바람이 몰아치던 날 과연 할머니가 할아버지와 함께 산책을 나왔을까, 의심스러웠다. 하지만 그 얘기는 꼭 소설가 할머니로부터 들은 것 같았다.

"누구죠? 어떤 사람이죠? 거친 바람을 일으키는 사람도 아니고 엄청난 비를 뿌리는 사람도 아니라면."

소설가 할머니는 길게 담배 연기를 뿜었다. 할머니가 뿜은 담배 연기는 흩뿌리는 비에 금방 젖었지만 쉽게 없어지진 않았다. 할머니가 짙은 회색의 먹장구름이 덮인 하늘을 응시하며 천천히 입을 열었다.

"태풍의 눈 같은 사람." 몽인의 입이 벌어졌다. 벌어진 몽인의 입이 다물어지지 않았다. 소설가 할머니의 목소리가 빗속으로 밀려 나왔다. "고요의 절정, 숨이 막힐 것 같은 정적을 가진 사람."

골목 끝에서 불어온 바람이 몽인의 뺨을 쓸며 골목 위쪽으로 천천히 올라갔다. 몽인은 눈을 감았다. 눈을 감은 채로 몽인은 천천히 뒤로 돌았다. 그리고 눈을 떴다. 저만큼, 가파른 계단이 보였다.

스무 시간 전, 봄을 잃어버렸던 그곳이었다.

스무 시간이 지나 몽인은 다시 거기로 돌아와 있었다. 발바닥으로부터 느리게 어떤 기운이 밀려 올라오는 것을 몽인은 느꼈다. 그 기운은 종아리를 타고 올라와 허벅지를 단단하게 조이고는 허리를 감싸며 휘돌다가 배와 가슴으로 천천히 기어올랐다. 그렇게 기어오른 기운은 목을 조이듯 누르며 느릿느릿, 좁은 관으로 빨려 올라가듯 입속과 비강을 지나갔다. 그러곤 마침내 뇌의 한복판을 지나 정수리를 뚫고 솟구쳐 올랐다. 머리의 한가운데가 뻥 뚫리는 것 같은 느낌이 들며 바람이, 차갑고 거친 바람 한 줄기가 몽인의 몸을 빠져나갔다. 죽어 영혼이 사체를 빠져나간다면 이럴까, 하고 몽인은 소리 없이 중얼거렸다.

소금 기둥의 저주로부터 풀려난 몽인의 발이 첫걸음을 내딛고 있었다.

누군가, 아무도…

몽인은 집으로 오르는 골목의 마지막 긴 계단에 이르렀다. 계단을 하나씩 밟고 올라갈 때마다 몸이 조금씩 가벼워지는 것을 느꼈다. 계단 중간쯤에서 몽인은 고개를 돌렸다. 계단 양편에 시립하듯 높이 솟은 기와지붕 사이로 눈이 부시도록 파란 하늘이 있었다. 몽인은 파란 하늘을 향해 몸을 돌려, 계단에 걸터앉았다. 주머니에서 휴대폰을 꺼냈다. 전원을 켜고, 비밀번호를 풀고, 통화 화면을 열고, 통화 목록의 한 이름 위에 손가락을 대고 길게 눌렀다.

"응."

신호는 금방 떨어졌고, 수화기 안에서 무표정한 여자의 목소리가 들려왔다.

"나야."

"알아."

"당신한테 뭐 하나 물어봐도 돼?"

"응."

"나, 당신한테로 돌아갈까 생각 중이야."

잠깐의, 그러나 아득함이 느껴지는 휴지(休止)가 지나고 몽인의 아내 신혜의 목소리가 수화기에 실렸다.

"돌아올 필요 없어."

"왜?"

"내가 없으니까."

몽인은 아무 소리도 하지 못했다. 기와지붕들 사이로 파란 하늘이 물결처럼 일렁거렸다. 서늘한 한 줄기 눈물이 몽인의 뺨으로 흘러내렸다.

"그래. 그러면 돌아갈 필요가 없겠네." 수화기로는 더 이상 아무 소리도 들리지 않았다. 몽인은 끝을 알 수 없는 어두운 동굴 속으로 걸어 들어가듯 조용히 속삭였다. "어젯밤에 꿈을 꿨는데, 바다에 떠 있었어. 아무도 보이질 않았지만 주변에 누군가 있는 것 같기도 했어. 하지만 그게 누군지는 끝내 알지 못하고 꿈에서 깨어났지. 당신이 아니었을까, 했어."

어두운 동굴 안쪽에서 낮은 목소리가 들려왔다.

"몽인 씨."

"응."

"그냥, 살아."

"그냥? 누구랑? ……혼자?"

한참 뒤 몽인이 통화 정지 버튼을 누를 때까지 몽인의 아내는 아무 말도 하지 않았다. 몽인은 천천히 몸을 일으켰다. 천천히 몸을 일으킨 몽인은 고개를 돌려 집이 있는 계단 위쪽을 한번 바라보았고, 다시 고개를 되돌려 가파른 계단 아래를 내려다보았다. 그러곤 성큼 걸음을 뗐다. 아무것도 생각나지 않았다. 머릿속이 텅 비어버린 것도 같았고, 달 없는 밤처럼 깜깜한 것 같기도 했다. 그러나 어느 것이라도 좋았다. 더 이상 보아야할 것도, 생각해야 할 것도, 그에게는 없었다. 탕헤르의 눈이 큰 소년이 날리던 연이, 북촌의 하늘 한 모서리에 얼핏 모습을 드러냈다 사라졌다.

작가의 말

 '모험'을 뜻하는 영어 단어 adventure의 프랑스어에 해당하는 aventure엔 영어에는 없는 '짧은 동안의 연애 사건'이란 의미가 들어 있다. 여러 해 전 이 사실을 알고 좀 특별한 사랑 이야기들을 '아방튀르' 시리즈에 담아보고 싶다는 생각을 했었는데, 당시 맨 처음 구상한 소설이 바로 『봄을 잃다』였다. 그런데 탈고하기까지 꽤 긴 시간이 걸렸다. 이유는 여러 가지 있겠지만, 결정적으로는 "지금의 우리에게 사랑 이야기가 필요한가?"라는 물음에 똑 떨어지는, 고개를 크게 끄덕이게 만드는 답을 내릴 수 없었기 때문이다. 천박한 물질주의는 날이 갈수록 깊어지고 민생을 거들떠보지 않는 정치는 해가 갈수록 뻔뻔스러워지는데, 이런 시절에 연애소설을 쓴다는 게 한가로이 사랑타령을 늘어놓는 것 같았기 때문이다. '사회성 짙은 소설들도 결국 그 뼈대는 사랑 이야기'라는 믿음이 없었다면 이 소설의 탈고는 아마도 더 오랜 시간 뒤로 미뤄졌을 것이다.

『봄을 잃다』는 이혼 경력이 있는 40대의 사진가 남자와 모델이며 단역배우인 20대 초반의 여자가 가회동(북촌 한옥마을)에서 동거를 하던 어느 날 함께 골목을 산책하다 갑자기 사라져버린 젊은 동거녀를 주인공인 사진가가 찾아 나서는, 약 스무 시간 동안의 이야기다. 일반적인 경우라 할 수 없는 스무 살 가까이 차이가 나는 남녀를 연인 관계로 설정한 것은 사랑의 보편적 의미와 본질을 찾는 데 오히려 효과적이라고 생각했기 때문이다. 다른 세대에 속한 사람들 사이에 당연히 있을 수밖에 없는 '사랑에 대한 생각의 차이'를 짚어가다 보면 사랑을 좀 더 확연히 알 수 있지 않을까 싶었다.

젊은 연인을 눈앞에서 잃어버린 중년 남자가 벌이는 스무 시간 동안의 방랑은 그에겐 사랑이라는 나라로 떠난 스무 날, 혹은 20개월, 어쩌면 20년에 걸친 긴 여행이었을지 모른다. 인생에서 스무 시간은 찰나와도 같지만 거기에 삶 전체를 공명하는 절실함이 담겨 있다면 그것은 영원과도 같으며, 길고 깊은 성찰을 가져다주리라 믿는다.

"사랑은 당신이 발견하는 뭔가가 아니라, 당신을 발견하는 무엇(Love isn't something you find. Love is something that finds you)"이라 했던 명배우 로레타 영의 말이 뇌리를 스친다. 소설 속 중년의 남자가 발견한 것이 만약 '그 자신'이었다면, 그는 사랑을 잃은 것이 아니라 얻은 것이다. 그가 부럽다.

하창수

ROMAN COLLECTION 001

봄을 잃다

초판 1쇄 발행 2015년 8월 31일
초판 2쇄 발행 2016년 12월 2일

지은이 하창수
펴낸이 이수철
주   간 하지순
편   집 정사라, 최장욱
교   정 고나리
마케팅 정범용
관   리 전수연

펴낸곳 나무옆의자
출판등록 제396-2013-000037호
주소 서울시 마포구 성미산로1길 67 다산빌딩 301호(03970)
전화 02) 790-6630 팩스 02) 718-5752

페이스북 www.facebook.com/namubench9
인쇄 제본 현문자현 종이 월드페이퍼

ISBN 979-11-955006-9-7 04810
     979-11-86748-04-6 (세트)

* 이 도서의 국립중앙도서관 출판예정도서목록(CIP)은 서지정보유통지원시스템
  홈페이지(http://seoji.nl.go.kr)와 국가자료공동목록시스템(http://www.nl.go.kr/kolisnet)에서
  이용하실 수 있습니다. (CIP제어번호 : CIP2015020262)